악의 꽃

LES FLEURS DU MAL

Charles Baudelaire

악의 꽃

샤를 보들레르 지음

황현산 옮김

ㄴㄴ〉〈ㄷㄴ

완전무결한 시인

프랑스문학의 완벽한 마술사

가장 친애하고 가장 존경하는

스승이자 친구

테오필 고티에에게

지극히 깊은 겸허의

감정으로

이 병든 꽃들을

바친다

C. B.

일러두기

* 『악의 꽃』의 주요한 세 판본 중 초판(1857)은 시 100편으로 이뤄져 있고 ('파리 풍경' 부가 빠진) 5부 구성이다. 2판(1861)은 1판에서 유죄판결을 받은 금지 시편 6편이 빠지고 새로 32편이 더해져 총 126편의 6부 구성이다. (이 시집들을 출간해온 출판업자 오귀스트 풀레말라시는 1판에서 삭제된 금지 시편을 포함해 23편의 시를 보들레르로부터 받아 『떠다니던 시편』을 벨기에에서 1866년 발간하나, 1949년까지 이 시집은 출간이 금지된다.) 3판(1868)은 보들레르 사후에 그의 어머니 오픽이 보들레르 전집 출판권을 산 발행인 미셸 레비의 동의하에 테오도르 드 방빌과 샤를 아슬리노에게 맡겨 출간한 것으로, 151편의 시가 수록되나 검열당한 시편은 빠져 있는가 하면 시편 분류도 달랐다. 현재까지 작가 생전에 나온 2판이 연구자들 사이에서는 정본으로 여겨진다.

  유고로 남은 황현산 번역의 이번 『악의 꽃』은 2판을 기준으로 삼되, 1판에서 처벌당한 금지 시편 6편을 넣어 벨기에에서 간행된 『떠다니던 시편』을 모두 싣고, 3판에서 가져온 12편의 시까지 추가한 판본이다. 클로드 피슈아가 정리한 플레이아드판에 따라 애초에 보들레르의 『악의 꽃』 간행의 역사에 따른 그 전모를 가급적 드러내고자 한 역자의 의도를 읽을 수 있다. 이 책에 수록된 시들의 번역은 Charles Baudelaire, *Œuvres Complètes I* (Texte établi, présenté et annoté par Claude Pichois), « Bibliothèque de la Pléiade », Gallimard, 1975을 저본으로 삼았다.

* 이 유고에는 역자가 마지막까지 번역어를 두고 고심한 몇몇 흔적이 남아 있었다. 자세한 내용은 이 책의 369쪽 '편집자 주'를 참고하길 바란다.

* 편집 과정에서 역자의 기존 번역본 『악의 꽃』(민음사, 2016)을 참고 및 대조하였다.

* 맞춤법과 외래어 표기는 국립국어원 고시 및 출판사 원칙에 의거하였다.

* 한 편의 시가 다음 면으로 이어질 때 연이 나뉘면 위로부터 여섯번째 행에서, 연이 나뉘지 않으면 첫번째 행에서 시작한다.

* 원문에서 이탤릭으로 강조한 부분은 고딕체로, 대문자로 강조한 부분은 방점으로 표기했다.

차례

악의 꽃
[1861년 텍스트]

독자에게   17

우울과 이상

1. 축복   23
2. 알바트로스   28
3. 상승   29
4. 만물조응   31
5. (포이보스가 조각상에)   32
6. 등대   34
7. 병든 시신(詩神)   37
8. 돈에 팔리는 시신(詩神)   38
9. 못난 수도사   39
10. 원수   40
11. 불운   41
12. 전생   42
13. 길 떠나는 집시   43
14. 사람과 바다   44
15. 지옥의 동 쥐앙   45
16. 교만의 벌   47
17. 아름다움   49
18. 이상   50
19. 거인여자   51
20. 가면   52
21. 아름다움에 바치는 찬가   55
22. 이국의 향기   57
23. 머리칼   58
24. (내 너를 밤하늘의 둥근 천정만큼)   60

25. (너는 우주 전체라도 네 침실에)   61

26. SED NON SATIATA   62

27. (물결치는 진줏빛 옷을 입으면)   63

28. 춤추는 뱀   64

29. 사체   67

30. DE PROFUNDIS CLAMAVI   70

31. 흡혈귀   71

32. (소름 끼치는 유태인 여자 곁에서)   73

33. 사후의 회한   74

34. 고양이   75

35. DUELLUM   76

36. 발코니   77

37. 들린 사나이   79

38. 환영   80

    I. 어둠   80

    II. 향기   81

    III. 사진틀   82

    IV. 초상화   83

39. (내 너에게 이 시구를 바치니)   84

40. SEMPER EADEM   85

41. 그녀는 모든 것이   86

42. (무슨 말을 하겠느냐, 오늘 저녁)   88

43. 살아 있는 횃불   89

44. 공덕전환   90

45. 고백   92

46. 정신의 새벽   95

47. 저녁의 해조   96

48. 향수병   97

49. 독   99

50. 흐린 하늘   101

51. 고양이   102

52. 아름다운 배   106

53. 여행에의 초대   109

54. 돌이킬 수 없음　112

55. 정담　116

56. 가을의 노래　117

57. 어느 마돈나에게　120

58. 오후의 노래　122

59. 시지나　125

60. FRANCISCÆ MEÆ LAUDES　126

61. 식민지 태생의 한 귀부인에게　129

62. MŒSTA ET ERRABUNDA　130

63. 유령　132

64. 가을의 소네트　133

65. 달의 슬픔　134

66. 고양이들　135

67. 부엉이들　136

68. 파이프　137

69. 음악　138

70. 무덤　139

71. 환상적인 판화　140

72. 즐거운 망자　141

73. 증오의 통　142

74. 금간 종　143

75. 우울 (장맛달이 온 도시에 화를 내며)　144

76. 우울 (나는 천년을 산 것보다 더 많은 추억을……)　145

77. 우울 (나는 비 오는 나라의 임금과……)　147

78. 우울 (낮고 무거운 하늘이 뚜껑처럼)　148

79. 망상　150

80. 허무의 맛　151

81. 고뇌의 연금술　153

82. 감응 공포　154

83. 저 자신을 벌하는 사람　155

84. 치유할 수 없는 것　157

85. 시계　160

파리 풍경

86. 풍경   165

87. 태양   167

88. 어느 빨강 머리 여자 거지 아이에게   169

89. 백조   173

90. 일곱 늙은이   177

91. 키 작은 노파들   181

92. 장님들   188

93. 지나가는 여인에게   189

94. 밭 가는 해골   190

95. 저녁 해거름   193

96. 노름   195

97. 죽음의 춤   197

98. 가식에의 사랑   201

99. (나는 잊지 않았다, 시내에서 가까운)   203

100. (당신이 시샘하던 마음 넓은 그 하녀)   204

101. 안개와 비   206

102. 파리의 꿈   207

103. 새벽 해거름   212

술

104. 술의 넋   217

105. 넝마주이의 술   219

106. 살인자의 술   221

107. 고독자의 술   225

108. 애인들의 술   226

악의 꽃

109. 파괴   229

110. 순교의 여인   230

111. 영벌 받은 여인들   234

112. 의좋은 자매   236

113. 피의 샘물   237

114. 알레고리   238

115. 베아트리체   239

116. 키티라 여행   241

117. 사랑과 해골   245

반항

118. 성 베드로의 부인   249

119. 아벨과 가인   251

120. 사탄 연도   254

죽음

121. 애인들의 죽음   261

122. 가난뱅이들의 죽음   262

123. 예술가들의 죽음   263

124. 하루의 끝   264

125. 어느 호기심 많은 사람의 꿈   265

126. 여행   266

악의 꽃
[1868년 제3판에서 가져온 시편들]

처벌당한 책을 위한 에피그라프　281

슬픈 마드리갈　282

어느 이교도의 기도　285

반역자　286

경고자　287

명상　288

뚜껑　289

모욕당한 달　290

심연　291

어느 이카로스의 한탄　292

한밤의 검토　293

여기서 아주 먼　295

떠다니던 시편들

1. 낭만파의 지는 해   299

『악의 꽃』에서 삭제된 금지 시편들

2. 레스보스   303
3. 영벌 받은 여인들   308
4. 레테   315
5. 너무 쾌활한 그녀에게   317
6. 보석   320
7. 흡혈귀의 변신   322

사랑놀이

8. 분수   327
9. 베르트의 눈   330
10. 찬가   331
11. 한 얼굴의 약속   333
12. 괴물   335
13. FRANCISCÆ MEÆ LAUDES   340

에피그라프

14. 오노레 도미에 씨의 초상화에 붙일 시구   343
15. 롤라 드 발랑스   345
16. 외젠 들라크루아의 〈감옥의 타소〉에 관해   346

이런저런 시편들

17. 목소리   349

18. 뜻밖의 일   351

19. 몸값   355

20. 어느 말라바르의 처녀에게   356

익살 시편들

21. 아미나 보세티의 데뷔에 붙여   361

22. 어떤 성가신 사내에 관해서   362

23. 유쾌한 카바레   366

편집자 주   369

역자의 말을 대신하여   373

악의 꽃

[1861년 텍스트]

독자에게

어리석음, 과오, 죄악, 인색이
우리네 정신을 차지하고 육신을 들볶으니,
우리는 친절한 뉘우침을 기른다,
거지들이 저들의 몸에 이를 기르듯.

우리의 죄는 끈덕지고 후회는 무르다,
우리는 참회의 값을 톡톡히 받고
희희낙락 진창길로 되돌아온다,
비열한 눈물로 때가 말끔히 씻기기나 한 듯이.

악의 베갯머리에는 사탄 트리스메지스트,
우리의 홀린 넋을 추근추근 흔들어 재우니,
우리네 의지라는 귀한 금속은
이 유식한 화학자의 손에서 감쪽같이 증발한다.

줄을 잡고 우리를 조종하는 것은 저 악마!
역겨운 것에서도 우리는 매혹을 찾아내어,
날마다 지옥을 향해 한 걸음씩 내려간다,
두려운 줄도 모르고, 악취 풍기는 어둠을 건너.

고릿적 갈보의 부대끼고 남은 젖가슴을
핥고 빨아대는 가난한 탕아처럼,
우리는 길목에서 은밀한 쾌락을 훔쳐
말라붙은 귤을 짜듯 자못 힘차게 쥐어짠다.

빈틈없이 우글우글, 백만 마리 회충 같은
마귀의 무리, 우리의 뇌수에서 잔치판을 벌이고,
우리가 숨을 쉬면, 보이지 않는 강물
죽음이 허파 속으로 소리 죽여 투덜대며 흘러내린다.

강간, 독약, 비수, 방화, 그것들이
우리네 한심한 운명의 진부한 캔버스를
그 유쾌한 그림으로 아직도 수놓지 않았다면,
그건, 오호라! 우리의 마음이 그만큼 담대하지 못하기 때문.

그러나 승냥이, 표범, 사냥개,
원숭이, 전갈, 독수리, 뱀,
우리네 악덕의 추접한 동물원에서
짖어대고 으르대고 투그리고 기어다니는 저 괴물들 가운데,

가장 추악하고, 가장 악랄하고, 가장 더러운 놈이 하나 있다!
이렇다 할 몸짓도 없이 야단스러운 고함소리도 없이,
지구를 거뜬히 산산조각 박살내고,
하품 한 번에 온 세상을 삼킬지니,

그놈이 바로 권태! — 눈에는 본의 아닌 눈물 머금고,
물담뱃대 피워대며 단두대를 꿈꾼다.
그대는 알고 있지, 독자여, 이 까다로운 괴물을,
— 위선자 독자여, — 내 동류, — 내 형제여!

우울과 이상

1
축복

높고 높은 권능의 지엄한 명령으로,
시인이 이 권태로운 세상에 나타날 때,
질겁하며 독신의 말이 복받친 그의 어머니는
저를 가여워하는 신을 향해 두 주먹을 떤다:

— "아! 이런 조롱거리를 기를 바에야 차라리
독사 뭉치라도 어찌해 낳지 않았던가!
내 배가 이 죗값을 배버린
저 덧없는 쾌락의 밤에 저주 있으라!

당신이 뭇 여인들 중에서 나를 골라
내 못난 남편의 미움받이로 삼은 데다,
이 배틀어진 괴물을, 연애편지처럼,
불길 속에 내던질 수도 없는 노릇이라,

나를 짓누르는 당신의 증오를
당신의 악심 펼칠 이 몹쓸 연장한테 되쏘아 보내,
이 가련한 나무를 단단히 비틀어 죄어야만,
그 독기 품은 새싹을 내밀 수 없으리라!"

그녀는 이렇게 제 원한의 거품을 삼키고,
영원한 의도를 알지 못한 채,
게에나 골짜기 밑바닥에 제 손수
모성 범죄에 바쳐질 화형 장작을 마련한다.

그렇건만 한 천사의 남모를 가호 아래,
폐적된 아이는 햇빛에 취하고,
마시는 것 일체에서 먹는 것 일체에서
암브로시아와 주홍빛 넥타르를 찾아낸다.

그는 바람과 놀고, 구름과 이야기하고,
십자가의 길에 노래하며 취하니,
그 순례의 길을 뒤따르는 성령은
숲의 새처럼 명랑한 그를 보고 눈물짓는다.

그가 사랑하려는 자들 모두 두려운 마음으로
그를 살피거나, 그의 얌전함에 간이 커져서,
앞을 다투어 그에게서 비명을 자아내려 들며,
자기들이 품은 잔학함을 그에게 시험한다.

그의 입에 점지된 빵과 술에
저들은 재와 더러운 가래를 섞어 넣고,
그가 만지는 것마다 위선을 떨며 내던지고,
자기 발이 그의 발자국을 밟았다고 스스로 나무란다.

그의 아내는 광장에서 소리소리 지른다:
"그가 나를 그리도 아름답다 여겨 우러러보니,
나는 저 옛날의 우상 노릇을 하리라,
내 몸에도 우상처럼 금물을 바르게 하자,

그러고는 감송향으로, 훈향으로, 몰약으로,
아첨으로, 고기와 포도주로 포식을 하여,
나를 기리는 그 가슴에서, 신에게나 바치는 숭배를,
웃으며 가로챌 수 있을지 알아보리라!

그러고는 이런 무엄한 장난에도 싫증이 나면,
내 가냘프고 억센 손을 그에게 얹을 것이니,
하르피아의 발톱 같은 내 손톱이
그의 심장까지 길을 뚫을 수 있으리라.

떨며 파닥거리는 새 새끼처럼,
새빨간 그 심장을 가슴에서 도려내어,
내 귀여운 짐승을 배 불리기 위하여,
경멸을 섞어 땅바닥에 던지리라!"

고요한 시인은 저의 눈에 찬란한 옥좌 보이는
저 하늘을 향해, 경건한 두 팔을 들어올리니,
그 맑은 정신의 광막한 섬광이
성난 군중의 모습을 그에게 가려준다.

— "축송을 받으소서, 나의 신이시여, 당신이 주는 고통은
우리의 불결함을 씻어주는 신약이요,
강한 자들을 준비시켜 거룩한 쾌락에 들게 하는
가장 훌륭하고 가장 순수한 에센스!

나는 압니다, 저 거룩한 군단의 복된 품계 속에,
당신이 시인의 몫으로 한 자리를 남겨두시고,
좌품천사들, 역품천사들, 주품천사들의
저 영원한 잔치에 그도 부르심을.

나는 압니다, 고뇌야말로 이 땅도 지옥도
물어뜯지 못할 단 하나의 고귀한 것이며,
내 신비로운 왕관을 엮으려면,
모든 시대와 온 누리가 울력해야 함을.

그러나 옛 팔미라의 사라진 보석,
아무도 알지 못하는 금속과 바다의 진주를
비록 당신의 손으로 박아 올린들, 눈부시고 밝은
이 아름다운 왕관에는 부족할 수도 있지요,

그것은 태초 빛줄기의 거룩한 원천에서 길어낸
순수한 빛으로밖에 만들어지지 않는 것이며,
그 빛을 비추는 인간의 눈은, 그 찬란함을 모두 뽐내도,
흐리고 애처로운 거울에 지나지 않는 것이기에!"

2

알바트로스

뱃사람들은 아무때나 그저 장난으로,
커다란 바닷새 알바트로스를 붙잡는다네,
험한 심연 위로 미끄러지는 배를 따라
태무심하게 나르는 이 길동무들을.

그자들이 갑판 위로 끌어내리자마자
이 창공의 왕자들은, 어색하고 창피하여,
가엾게도 그 크고 흰 날개를
노라도 끄는 양 옆구리에 늘어뜨리네.

이 날개 달린 나그네, 얼마나 서투르고 무력한가!
방금까지 그리 아름답던 신세가, 어찌 이리 우습고 추레한가!
한 녀석은 파이프로 부리를 때리며 약을 올리고,
또 한 녀석은, 절름절름, 하늘을 날던 병신을 흉내내네!

시인도 그와 다를 것이 없으니, 이 구름의 왕자,
폭풍 속을 넘나들고 사수를 비웃건만,
땅 위의 야유 소리 한가운데로 쫓겨나선,
그 거인의 날개가 도리어 발걸음을 방해하네.

3
상승

못을 넘어, 골짜기를 넘어,
산을, 숲을, 구름을, 바다를 넘어,
태양을 지나, 에테르를 지나,
별 박힌 천구(天球)의 경계를 지나,

내 정신아, 너는 날렵하게 움직여,
물결 속에서 넋을 잃는 수영선수처럼,
형언할 수 없고 씩씩한 기쁨에 겨워
그윽한 무한대를 쾌활하게 누빈다.

이 병든 장기(瘴氣)에서 멀리 날아가,
드높은 대기 속에서 너를 맑게 씻고,
청명한 공간을 가득 채운 저 밝은 불을
순결하고 신성한 술처럼 마셔라.

안개 낀 삶을 무겁게 짓누르는
권태와 망망한 근심 걱정에 등돌리고,
복되도다, 빛나고 청명한 벌판을 향해
힘찬 날개로 날아갈 수 있는 자,

생각이 종달새처럼, 하늘을 향해
아침마다 자유 비상을 하는 자,
— 삶 위로 날며, 꽃들과 말없는 것들의 말을
애쓰지 않고 알아듣는 자 복되도다!

만물조응

자연은 하나의 신전, 그 살아 있는 기둥들은
간혹 혼란스러운 말을 흘려보내니,
인간은 정다운 눈길로 그를 지켜보는
상징의 숲을 건너 거길 지나간다.

밤처럼 날빛처럼 광막한,
어둡고 그윽한 통합 속에
멀리서 뒤섞이는 긴 메아리처럼,
향과 색과 음이 서로 화답한다.

어린이 살결처럼 신선한 향기, 오보에처럼
부드러운 향기, 초원처럼 푸른 향기들에
— 썩고, 풍성하고, 진동하는, 또다른 향기들이 있어,

용연향, 사향, 안식향, 훈향처럼,
무한한 것들의 확산력을 지니고,
정신과 감각의 앙양을 노래한다.

(포이보스가 조각상에)

포이보스가 조각상에 금물 들이기 좋아하던
저 벌거벗은 시대를 떠올리면 행복하다.
그때는 남자는 남자대로 여자는 여자대로 날렵하여
거짓됨도 불안함도 없이 즐겼으며,
다정한 하늘이 저들의 등뼈를 어루만지고,
그들은 제 고결한 기계의 건강을 단련하였다.
키벨레는 그때, 비옥한 산물 풍성하여,
제 자식들을 벅찬 짐으로 여기긴커녕,
공평한 애정으로 마음 부푼 이 암늑대
그 검붉은 젖꼭지로 온 누리를 적시었다.
사내는 우아하고 굳세고 강건하여
저를 왕이라 부르는 미녀들을 자랑할 권리가 있었다,
멍듦이 없이 온전하고 금감이 없이 순결하여,
미끈하고 탄탄한 살이 깨물어주기를 재촉하는 그 과일들을!

오늘날 시인이, 남자의 나체와 여자의 나체를
볼 수 있는 자리에서, 저 타고난 위대함을
마음속에 그려보려 들면,
무서움 가득한 그 암울한 그림 앞에서
캄캄한 추위가 제 혼을 둘러싸는 느낌이다.

오 가릴 것을 애원하는 기형들이여!
오 우스꽝스러운 몸뚱이! 가면으로 가려 마땅한 몸통들아!
오 비틀리고, 여위고, 뚱뚱하거나 늘어진,
실용의 신이, 매정하고도 태연하게, 그 청동 배내옷에,
자라기도 전에, 둘러감았던 가여운 육체들아!
그리고, 너희들, 애처롭다! 양초처럼 창백한,
방탕이 좀먹으며 길러주는 여인들아, 그리고 너희들,
어미에게서 물려받은 악덕의 유산에
다산의 온갖 추악함을 끌고 다니는 처녀들아!

부패한 국민들, 우리는 정말이지,
옛 민족들이 모르던 아름다움을 가졌지:
심정의 궤양에 좀먹힌 얼굴들,
그리고 우울의 아름다움이라고나 할 그런 것들,
그러나 우리네 늦 태어난 시신(詩神)들의 이 발명도
병든 종족들이 청춘에게 바치는
깊은 경애를 결코 막지는 않으리라,
— 거룩한 청춘, 순박한 모습, 정다운 이마,
흐르는 물과도 같이 맑고 밝은 눈동자,
하늘의 푸름처럼, 새들과 꽃들처럼 선선하게,
그 향기, 그 노래, 그 다정한 열기를
모든 것 위에 사뭇 퍼뜨리는 저 청춘에게!

등대

루벤스, 망각의 강, 게으름의 정원,
싱싱한 살 베개, 거기서 사랑할 수는 없어도,
생명이 흘러들어 끊임없이 솟구친다,
하늘에 바람처럼, 바다에 밀물처럼.

레오나르도 다빈치, 그윽하고 어둑한 거울,
매혹적인 천사들이 신비 가득 실은
부드러운 미소를 지으며, 저들의 나라를 둘러막는
빙하와 소나무숲 그늘에 나타난다.

렘브란트, 신음소리 가득찬 처량한 자선병원,
커다란 십자가 하나로 덩그레 장식한 방에서는,
눈물 섞인 기도가 오물에서 새어나오고,
겨울 햇빛 한줄기 돌연 비껴 지른다.

미켈란젤로, 몽롱한 장소, 헤라클레스 무리가
그리스도 무리와 엉켜들고, 어스름 빛 속에서
손가락을 뻗어 제 수의를 찢으며
똑바로 일어서는 억센 유령들 보인다.

권투 선수의 노여움, 목신의 뻔뻔함,
상놈들의 미를 긁어모을 줄 알았던 그대,
오만으로 부푼 위대한 마음, 허약하고 노란 사내,
퓌제, 도형수들의 우울한 황제여.

와토, 이 사육제에서는 저명한 인사들이,
나비처럼 이리저리 불타오르며 떠돌고,
산뜻하고 경쾌한 장식이, 샹들리에 불빛 아래,
소용돌이치는 이 무도회에 광기를 퍼붓는다.

고야, 미지의 사물들로 가득찬 악몽,
마연(魔宴) 한가운데서 삶아지는 태아에,
거울 들여다보는 노파들에, 마귀를 유혹하려
양말을 매만지는 발가벗은 소녀들.

들라크루아, 타락천사들 출몰하는 피의 호수,
언제나 푸른 전나무 숲으로 그늘진 자리를,
음침한 하늘 아래, 낯선 팡파르가
베버의 억눌린 한숨인 듯 뚫고 지나간다.

이 저주들, 이 모독들, 이 한탄들,
이 황홀들, 이 비명들, 이 눈물들, 이들 테 데움은
수천 미로에서 되풀이되는 하나의 메아리,
그것은 죽고 말 인간들의 마음에 하나의 거룩한 아편!

그것은 수천 보초들이 복창하는 하나의 고함,
수천 메가폰으로 전달되는 하나의 명령,
그것은 수천 성채 위에 불을 밝힌 하나의 등대,
깊은 숲에서 길 잃은 사냥꾼들이 외치는 하나의 부름!

왜냐하면, 주여, 이것이야말로 우리의 존엄에 대해
우리가 내놓을 수 있는 최선의 증거이기에
시대에서 시대로 흘러내려 그대 영원의 기슭에
닿아 스러지는 것은 이 뜨거운 흐느낌이기에!

병든 시신(詩神)

내 가엾은 시신아, 아아! 오늘 아침 도대체 웬일이냐?
네 꺼진 눈에는 밤의 허깨비들 우글거리고,
광란과 공포, 네 낯빛에 차례차례
싸늘하고 말도 없이 비치는구나.

초록빛 도는 몽정귀신과 분홍 꼬마도깨비가 너한테
저들 항아리에 그득한 공포와 사랑을 퍼붓기라도 했느냐?
악몽이 그 우격다짐 막무가내의 주먹을 휘둘러,
저 전설의 민투리노 그 늪 바닥에 너를 빠뜨리기라도
　했느냐?

건강의 향기 내뿜는 네 가슴에
굳센 사상이 언제나 찾아들고, 네 성심의 피가
박자 높게 고동치며 흐르기를 바라노니,

그 고동소리, 노래의 아버지 포이보스와
추수의 임금 위대한 판이 번갈아 지배하는
저 옛날 음절의 선율 좋은 울림을 닮아야 하리.

돈에 팔리는 시신(詩神)

오, 내 마음의 시신아, 궁궐을 꿈꾸는 너,
세한이 그 삭풍을 풀어놓을 때,
눈 내리는 밤의 캄캄한 권태 속에서,
네 보랏빛 언 발을 녹여줄 깜부기불이라도 마련했는가?

그래, 대리석 무늬 지며 얼어붙는 네 어깨를
겉창을 뚫고 드는 야음의 빛살로 되살리려는가?
너의 궁궐처럼 너의 지갑 말라붙었다 싶으면,
별 박힌 궁륭의 황금이라도 따오려는가?

그날 그날 저녁의 빵을 벌어야 하니,
성당의 복사 아이처럼, 향로를 흔들어 대며,
별로 믿지도 않는 테 데움을 부르거나,

혹은, 굶주린 광대, 너의 매력이랑,
남모를 눈물에 젖은 너의 웃음을 진열하여
한인(閑人)들의 웃음보를 터뜨려야 하리.

못난 수도사

옛 수도원들은 널따란 벽마다
성스러운 진리를 그림으로 펼쳐놓았으니,
그 보람이 경건한 내장을 따뜻이 데워주어,
그 엄숙함의 냉기를 누그러뜨렸다.

그리스도의 씨앗이 꽃피던 그 시절에,
지금은 이름 들출 일도 없는 이름난 수도사들이
장례의 마당을 아틀리에 삼아
죽음을 질박하게 찬미했었다.

— 나의 혼은 하나의 무덤, 못난 고행자 나는,
아득한 옛날부터 그 속을 헤매며 살아왔건만,
어떤 것도 이 추악한 수도원의 벽을 치장하지 못했다.

오, 게으른 수도사여! 나는 언제쯤에야 비로소
이 비통한 불행의 선명한 광경을
내 두 손의 일감과 내 두 눈의 사랑으로 만들 것인가?

원수

내 청춘은 캄캄한 폭풍우에 지나지 않았구나,
찬연한 햇빛 몇 줄기 여기저기 뚫고 들어왔을 뿐,
천둥과 비바람 그리도 모질게 휘몰아쳐
내 뜰에 빨간 열매 남은 것 몇 개 없다.

내 어느덧 사상의 가을에 다다르고 말았으니,
이제 삽과 쇠스랑을 거머쥐고
홍수 뒤에 무덤같이 커다란 웅덩이가 패어
물에 잠긴 이 땅을 다시 긁어모아야 하리라.

누가 알랴, 내가 꿈꾸는 새로운 꽃들이
모래톱처럼 씻긴 이 흙 속에서 신비로운 자양을
찾아내어 활력을 얻을 수 있을지 어쩔지?

오, 괴로움이여! 괴로움이여! 시간은 생명을 먹고,
우리의 심장을 갉는 정체 모를 원수는
우리가 잃는 피로 자라며 강성해지는구나!

11

불운

이처럼 무거운 짐을 밀어올리려면,
시지프스여, 너의 용기가 필요하리라!
일에 열성을 기울인다 한들,
예술은 길고 시간은 짧다.

이름난 묘지를 멀리 벗어나,
외따로 떨어진 무덤을 향해,
내 마음은 보 덮인 북처럼
장송곡을 울리며 가는구나.

─ 수많은 보석이
곡괭이도 측심기도 닿지 않는
어둠과 망각 속에 묻혀 잠자고,

수많은 꽃이 깊은 고독에 잠겨,
그 달콤한 향기를 비밀처럼,
마지못해 풍기는구나.

전생

나는 오랫동안 넓은 회랑 아래 살았으니,
바다의 태양이 천 개의 불꽃으로 물들이던 그곳,
그 큰 기둥들 곧고도 웅장하여,
저녁이면 마치 현무암 동굴 같았지.

물결은 하늘의 영상을 바다 위에 굴리며,
그 풍요로운 음악의 전능한 화음을
내 눈에 비치는 석양빛에
엄숙하고도 신비롭게 섞어 넣었지.

나 거기서 살았지, 고요한 쾌락 속에,
하늘과 파도와 찬란한 빛 한가운데서,
향기 가득 배어든 저 발가벗은 노예들에

에워싸였으니, 종려잎 흔들어 내 이마를 식혀주던
그들의 유일한 근심사는 내 애를 태우는
번뇌의 비밀을 깊이 파고드는 것뿐.

길 떠나는 집시

눈동자 이글거리는 점쟁이 피붙이가
어제 길을 떠났다, 등짝에 어린것들
둘러업고, 또는 그 사나운 배고픔에
늘 마련된 보물, 늘어진 젖꼭지를 내맡기고.

사내들은 번쩍이는 무기를 두르고,
제 식구들이 웅크린 마차를 따라 걸어가며,
있지도 않은 환영을 쫓는 서글픈 아쉬움에
무거워지는 눈으로 하늘을 더듬는다.

모래 굴방 구석에서는 귀뚜라미가
지나가는 그들을 보고 두 배로 노래하고,
그들을 사랑하는 키벨레는 이 길손들 앞길에,

녹음을 북돋아, 바위에서 샘물 솟고
사막에 꽃피게 하니, 그들에게 열린 것은
컴컴한 미래의 낯익은 왕국.

14
사람과 바다

자유인이여, 너는 언제까지나 바다를 사랑하리라!
바다는 너의 거울, 네가 네 넋을 비추는 자리는
저 파도의 끝없는 펼침이니,
네 정신도 그에 못지않게 쓰디쓴 심연.

너는 기꺼이 네 영상 한가운데 잠겨들어,
눈으로 팔로 그 거울을 껴안고, 네 가슴은
때때로 길들일 수 없는 그 거친 탄식으로
저 자신의 소란을 잠재우는구나.

너희들은 다 같이 현현하고 속 깊어,
사람이여, 아무도 네 나락의 밑바닥을 헤아린 적 없고,
오 바다여, 아무도 네 내밀한 재물을 알지 못하니,
그토록 시샘하며 너희들은 비밀을 지킨다!

그러나 보라, 연민도 후회도 없이
너희들이 서로 싸워온 세월이 수수백 년,
그렇게도 너희들은 살육과 죽음을 사랑하는가.
오 영원한 투사들아, 오 말릴 길 없는 형제들아!

지옥의 동 쥐앙

동 쥐앙이 지하의 황천으로 내려갈 때
카론에게 돈 몇 푼을 쥐여주자,
안티스테네스처럼 거만한 눈초리의 음산한 거지 하나,
복수의 그 억센 두 팔이 노를 하나씩 잡는다.

늘어진 젖가슴 드러내고 옷자락 내벌리고,
검은 하늘 아래 여자들은 몸을 비틀며,
한 무리 희생 제물 양떼처럼,
그의 등뒤로 기다란 아우성을 끌고 갔다.

스가나렐은 싱글거리며 새경을 내라 조르고,
동 루이스는 떨리는 손가락을 들어,
양 강변에서 떠도는 저 모든 망령들에게,
제 백발의 머리 비웃던 방자한 아들을 가리켰다.

상복 아래 몸을 떨며, 곧은 정절 수척한 엘비르는
지난날의 애인이던 배신자 남편에게 다가가,
그 첫 맹세의 다정함이 다시 환하게 나타날
마지막 미소를 간청이라도 하는 듯.

우람한 돌 사나이, 갑옷 속에 몸을 곧게 세우고,
키에 달라붙어 배 몰고 검은 물결을 가르건만,
허나 이 태연한 영웅은, 장검에 의지해 허리 굽히고,
배 지나간 자리 굽어보며 어디에도 눈길 주지 않았다.

교만의 벌

신학이 가장 풍부한 정기와 활력으로
꽃피던 저 놀라운 시대에, 이런 이야기가 있었다,
어느 날 위대한 박사 중에 한 박사가,
— 냉담한 사람들을 억지로 이끈 후에,
그들의 마음 캄캄하고 깊은 곳에서 그들을 뒤흔들고,
분명코 순결한 영혼들만이 다닐 수 있는,
저 자신도 알지 못하는 야릇한 길을
하늘의 영광을 향해 넘어간 후에 —,
너무 높이 올라간 사람처럼 공포에 사로잡혀,
악마 같은 교만에 우쭐대며 외쳤다:
"예수야, 아기 예수야, 내가 너를 자못 높이 치켜올렸다!
하지만 갑옷도 없이 내 그대를 공격하고 싶었더라면
너의 치욕은 너의 영광과 맞먹을지니,
그대는 한낱 가소로운 태아에 불과했으리라!"

당장 그의 이성이 사라졌다.
그 태양의 섬광은 어둠의 띠에 가려지고,
온갖 혼돈이 그 지성 속에서 뒹굴었다,
옛날에는 살아 있던 신전, 그 많은 호사가 빛났던
그 천장 아래는 질서와 풍요 가득했고.

마치 열쇠를 잃은 지하실처럼,
고요와 밤이 그의 안에 깃들였다.
그때부터 그는 거리의 짐승과도 같아서,
아무것도 보지 못한 채, 들판을 가로질러,
여름과 겨울도 분간 못한 채, 쏘다닐 뿐,
폐물처럼 더럽고 쓸모없고 추한 그는
어린애들의 놀림감과 웃음거리가 되었다.

아름다움

나는 아름답다, 돌의 꿈처럼, 오 덧없는 인간들아!
너희들이 저마다 차례차례 상처를 입는 내 젖가슴은
질료처럼 영원하고 말없는 사랑을
시인에게 하나씩 불어넣도록 만들어진 것.

나는 저 알지 못할 스핑크스처럼 창공에 군림하여,
백설의 마음을 백조의 순백에 결합하고,
선을 흐트러뜨리는 격동을 싫어하니,
결코 울지 않고, 결코 웃지 않는다.

가장 오만한 기념물에서 빌린 듯한
내 당당한 자태 앞에서 시인들은
준엄한 연찬으로 그들의 나날을 소진하리라!

이 고분고분한 애인들을 홀리기 위해 내 지닌 것은
만물을 더욱 아름답게 보여주는 맑은 거울,
내 두 눈, 영원한 광채를 지닌 내 커다란 눈이기에!

이상

내 마음 같은 어떤 마음 만족시킬 수 있는 것은,
부박한 세속에서 태어난, 병든 산물,
발에 가죽장화나 신고, 손가락에 캐스터네츠나 끼운,
저 가두리장식의 미인들이 결코 아니리라.

병원의 저 재잘거리는 미인들의 무리는,
위황병 시인 가바르니에게나 맡겨둘 테니,
내 새빨간 이상을 닮은 꽃 한 송이를
그 파리한 장미들 속에서는 찾을 수 없기 때문이지,

나락처럼 깊은 이 마음에 필요한 것은,
바로 당신, 맥베스 부인이여, 죄악에 굳센 혼이여,
폭풍우의 풍토에 꽃피어나는 아이스킬로스의 꿈이여,

그게 아니면 너, 미켈란젤로의 딸, 우람한 밤,
타이탄들의 입에 맞게 빚어진 네 젖가슴을
야릇한 자세로 평온하게 비트는 너!

거인여자

옛날 자연이 그 힘찬 혈기를 뽐내며,
괴물 아이를 날마다 잉태하던 그 시절이라면,
나는 날마다 젊은 거인여자의 품에서 살았으련만,
음탕한 고양이가 여왕의 발아래 살 듯.

그녀의 육체가 그 혼과 더불어 꽃피어나고
무서운 능력으로 멋대로 커지는 모습 지켜보며,
그녀 눈에 떠도는 축축한 안개를 보고
그녀의 가슴이 품은 어두운 불꽃을 짐작했으련만.

그녀의 장엄한 몸체 위를 유유히 돌아다니고,
그 거대한 무릎의 비탈을 타고 기어오르고,
그러다가 때로는 여름날, 해로운 햇살이

지친 그녀를 들판 가로질러 길게 눕힐 때,
나는 그 젖무덤 그늘 아래 무심하게 잠들었으리라,
평화로운 마을 하나 산기슭에 묻혀 잠이 들 듯.

가면

르네상스의 취향에 따른 우의적 조상(彫像)

조각가, 에르네스트 크리스토프에게

이 피렌체식 운치의 보물을 관상하자,
이 근육질 육체의 파동 속에는
거룩한 두 자매, 우아함과 힘이 넘친다.
이 여자, 진정으로 기적적인 작품,
거룩하게도 강건하고, 사랑스럽게도 가냘파,
호사로운 잠자리에 군림하여,
주교나 군주의 여가에 마법을 걸기가 맞춤이다.

―그리고 또 저 미묘하고도 음탕한 미소를 보라,
거드름을 따라 황홀이 감도는구나.
앙큼하고, 나른하고, 조롱하는 저 눈매,
망사를 에두르고 태깔 부리는 저 얼굴,
그 자태 하나하나 의기양양하게 우리에게 말한다,
"관능이 나를 부르고, 사랑이 내게 왕관을 씌우노라!"
저토록 위엄을 타고난 이 존재에,
보라, 상냥함이 얼마나 선정적인 매력을 주고 있는지!
우리 다가가서, 그 아름다움을 한 바퀴 둘러보자.

오, 예술의 모독! 오, 치명적인 기습!
이 거룩한 육체의 여인, 행복을 약속하더니,
그 꼭대기가 머리 둘 달린 괴물로 끝나다니!

—그건 아니야! 그것은 하나의 가면, 현혹적인 장식일
  뿐이야,
공교로운 찡그림으로 반짝이는 이 얼굴,
그리고, 보라, 끔찍하게 경련을 일으키는,
진짜 머리, 진솔한 얼굴이 여기 있다,
거짓말하는 얼굴 아래 숨어 뒤로 젖혀진.
가련하고 위대한 미인아! 네 눈물의 찬란한 강물이
시름 많은 내 가슴속에 흘러드니,
너의 거짓이 나를 취하게 하니, 나의 혼은 물을 마신다,
고뇌가 네 눈에서 흘러내리게 한 그 물결에서!

—그러나 어찌하여 그녀는 울고 있는가? 인류라도 정복하여
발아래 꿇어 엎드리게 할 그녀, 완전한 미인,
무슨 신비로운 아픔이 그 장사 같은 옆구리를 갉아드는가?

—그녀는 운다, 정신없이, 이제껏 살아왔기에!
그리고 지금도 살고 있기에! 그러나 그녀가 통탄하는 것은,
그녀의 무릎까지 떨게 하는 것은, 무엇보다,
내일에도, 아 슬프다! 여전히 살아야만 한다는 것!
내일도, 모레도, 그리고 언제까지나! —우리들처럼!

아름다움에 바치는 찬가

깊은 하늘에서 오느냐, 심연에서 솟느냐,
오 미녀여? 네 시선, 그악스럽고도 거룩하여,
선행과 죄악을 어지럽게 쏟아부으니,
너를 그래서 술에 빗댈 수 있으리.

너는 네 눈에 석양과 여명이 담고 있거니,
너는 폭풍우 몰아치는 저녁처럼 향기를 내뿜는다,
네 입맞춤은 미약(媚藥), 네 입은 술 단지,
영웅을 비겁하게 아이를 담대하게 만든다.

캄캄한 구렁텅이에서 나오느냐, 별에서 내려오느냐?
운명이 넋을 잃고 개처럼 네 속치마를 뒤쫓는구나,
너는 닥치는 대로 환희와 재난을 뿌리고,
일체를 다스리되 일절 책임지지 않는다.

넌 주검들을 밟고 가는구나, 미녀여, 네가 비웃는 그들을.
네 보석들 중에도 공포는 매력이 적잖고,
너의 가장 값진 장신구들 가운데 살인이
너의 오만한 배 위에서 어여삐 춤추는구나.

현혹된 하루살이가 너, 촛불을 향해 날아들어,
따닥따닥 불타면서도 하는 말: "이 불길을 축복하자!"
제 예쁜 여자 위에 몸을 기울이고 헐떡거리는 애인은
제 무덤을 어루만지는 다 죽어가는 환자 같아라.

네가 천국에서 오건 지옥에서 오건, 무슨 상관이냐,
오 미녀여! 거대하고, 끔찍하고, 천진난만한 괴물아!
만일 너의 눈, 너의 미소, 너의 발이 내가 사랑하면서도
일찍이 알지 못한 무한의 문을 열어만 준다면?

사탄에게서건 신에게서건, 무슨 상관이냐? 천사건
    세이렌이건,
무슨 상관이냐, 만일 네가, ─ 비로드 눈의 요정이여,
율동이여, 향기여, 빛이여, 오 나의 유일한 여왕이여!─
세상을 덜 추악하게만, 순간순간을 덜 무겁게만 해준다면?

이국의 향기

따뜻한 가을날 저녁, 두 눈 감고,
훈훈한 그대 젖가슴 냄새 맡노라면,
단조로운 불볕에 눈이 부신
행복한 해변이 펼쳐지는구나.

그것은 게으름의 섬나라, 자연이 거기
마련하는 것은 기이한 나무들과 맛좋은 열매들,
몸매 날씬하고 힘찬 사나이들,
그 솔직한 시선이 놀라운 여자들.

매혹적인 풍토로 그대 향기에 이끌릴 때,
바다의 파도에 아직도 온통 지쳐 있는
돛과 돛대 가득한 항구가 보이누나.

초록색 타마린드의 향기가 그때
바람에 떠돌며 내 콧구멍을 부풀리고,
내 영혼 속에서 선원들의 노래와 섞이고.

머리칼

오 머리타래, 목덜미까지 거품이 인다!
오 반지머리! 오 태만이 실린 향기!
황홀함이라! 이 머리칼 속에 잠자는 추억으로
오늘밤 어두운 침소를 채우기 위해,
그 머리칼 손수건처럼 허공에 흔들고 싶어라!

나른한 아시아와 타오르는 아프리카,
머나먼, 없어진, 거의 죽어버린 세계 하나가 고스란히,
향기로운 숲아, 너의 깊이 속에 살아 있구나!
음악을 타고 다른 정신들이 노를 젓듯이,
내 정신은, 오 내 사랑아! 네 향기를 타고 헤엄친다.

나는 가야지, 나무도 사람도, 정기에 넘쳐,
그 풍토의 뜨거움 아래 오래오래 기절하는 저 나라로.
억센 머리채야, 나를 실어갈 물결이 되어다오!
너의 품에, 흑단의 바다야, 돛배와 사공의,
불꽃과 돛대의 눈부신 꿈이 깃들었으니:

그것은 우렁찬 항구, 거기서 내 혼은 향기와
소리와 색깔을 넘실넘실 들이마실 수도 있고,

배들은 황금 속으로, 물결무늬 천 속으로 미끄러지며,
영원한 열기가 진동하는 맑은 하늘의
영광을 끌어안으려 두 팔을 활짝 벌린다.

저 바다를 끌어안은 너의 이 검은 바다 속에,
나는 잠가야겠다, 늘 취하고 싶어하는 내 머리를.
그때 내 예민한 정신은 옆질의 애무를 받으며
너희를 되찾을 수 있겠지, 오 풍요로운 게으름아,
향기로운 여가의 끝 모를 자장가들아!

푸른 머리털들아, 둘러친 어둠의 장막아,
너희는 내게 망망하고 둥근 하늘의 푸른빛을 돌려주니,
그 비비꼬인 타래의 솜털 돋은 기슭에서
나는 야자기름과 사향, 그리고 역청이
뒤섞인 향기에 뜨겁게 취한다.

오래도록! 언제까지나! 내 손은 너의 무거운 갈기 속에
루비와 진주와 사파이어를 뿌리리라,
내 욕망에 네가 결코 귀머거리가 되지 않도록!
너는 내가 꿈꾸는 오아시스가 아닌가, 그리고 또한
추억의 술을 깊이깊이 마실 수 있는 표주박이 아닌가?

24

(내 너를 밤하늘의 둥근 천정만큼)

내 너를 밤하늘의 둥근 천정만큼 우러러 받드니,
오 슬픔의 꽃병아, 오 크고 말없는 여자야,
나를 피해 달아날수록, 아름다운 사람아,
그리고 내 밤의 장식, 네가 비웃는 듯
저 푸른 무한과 내 양팔을 벌려놓는 그 장소들을
더 많이 늘리는 듯 보일수록 나는 더욱 너를 사랑한다.

나는 진격하고 기어올라 내습하니,
시체에 달려드는 한 떼의 구더기를 닮았나,
오 매정하고 잔인한 짐승아! 내게는 너의 그 냉랭함마저
소중할 뿐이다, 그럴수록 네가 더욱 아름다워 보이니!

(너는 우주 전체라도 네 침실에)

너는 우주 전체라도 네 침실에 끌어넣겠구나,
더러운 여자야! 권태가 네 혼을 잔인하게 만들지.
이 괴상한 놀이에 네 이빨을 갈고 닦으려면,
날마다 심장 하나씩이 네 잇바디에 필요하겠구나.
네 두 눈은, 가게의 진열창처럼,
축제일의 타오르는 등명대(燈明臺)처럼 빛나며,
저들 아름다움의 법칙을 아예 알지 못하면서도,
빌려온 권력을 방자하게 휘두르는구나.

잔혹함이 넘쳐, 눈멀고 귀먹은 기계야!
세상 만인의 피를 마시는, 치유의 도구,
너는 어찌 부끄러운 줄을 모르며, 그 모든 거울 앞에서
너는 어찌 그 매력이 바래는 걸 보지 못했는가?
네가 능숙하다 자부하는 저 악의 거대함이
도대체 너를 한 번도 무서워 물러서게 하지 않던가,
숨겨놓은 의도도 많아 위대한 자연이,
너를 가지고, 오 여자야, 오 죄악의 여왕아,
— 천한 짐승 너를 가지고 — 천재 하나를 반죽해낼 때?

오 엉망진창의 위대함! 숭고한 치욕아!

SED NON SATIATA

그러나 흡족하지 않았다

괴이한 여신아, 한밤처럼 짙은 흑갈색,
사향과 하바나 담배 냄새 뒤섞여 풍기는,
흑인 마술사의 작품, 사바나의 파우스트 박사,
흑단의 옆구리를 지닌 여자 마법사, 캄캄한 한밤의 아이야,

내가 콩스탕스보다, 아편보다, 뉘산 와인보다 더 좋아하는
　것은,
사랑이 활개를 치는 네 입의 영약,
너를 향해 내 욕망이 카라반을 지어 길 떠날 때,
네 눈은 내 권태가 물을 마시는 저수조.

그 크고 검은 두 눈, 네 혼의 환기창으로,
오 매정한 악마야! 내게 불꽃을 이제 그만 쏟아다오,
나는 너를 아홉 번이나 껴안을 스틱스가 아니며,

아 슬프다! 방자한 메가이라 여신아,
나는 네 용기를 꺾고 너를 궁지에 몰아넣을
네 잠자리의 지옥 속 프로세르피나가 될 수도 없구나!

(물결치는 진줏빛 옷을 입으면)

물결치는 진줏빛 옷을 입으면,
걸을 때조차 그녀는 춤을 추는 듯,
거룩한 요술쟁이들이 막대 끝으로
장단 맞춰 놀리는 저 긴 뱀들 같고.

사막의 우중충한 모래도 푸른 하늘도
인간의 고통에는 모두 무심하듯,
바다의 물너울 그 긴 그물망처럼
그녀는 무심하게 몸을 펼친다.

윤나는 그 두 눈은 매혹적인 광물로 만들어졌고,
야릇하고 상징적인 그 본성 안에선
누구도 범접 못한 천사가 저 옛날의 스핑크스와 한데 섞이니,

거기서는 모든 것이 황금과 강철과 빛과 금강석일 뿐,
불임의 여자 그 차가운 위엄이
쓸모없는 별처럼 영원히 찬란하다.

춤추는 뱀

얼마나 보고 싶은지, 무심한 임아,
　　그리도 고운 네 몸의,
하늘거리는 무슨 천과도 같이
　　반짝거리는 그 살결을!

그윽한 너의 머리칼에는
　　짜릿한 냄새,
그 향기로운 바다, 떠도는 바다에는
　　푸른 물결 갈색 물결.

아침 바람에 잠을 깨는
　　한 척 배와도 같이,
　　먼 하늘을 향해
내 꿈꾸는 혼은 돛을 올린다.

　　즐거움도 쓰라림도
무엇 하나 내색하지 않는 네 눈은
　　황금과 무쇠가
한데 섞이는 싸늘한 두 알의 보석.

박자 맞추어 걸어가는 너를 보면,
　　　자유방심의 미녀야,
　　　막대 끝에서
춤을 추는 뱀이 아닌가 싶지.

게으름의 짐에 눌려,
　　　앳된 너의 머리는
어린 코끼리처럼 유연하게
　　　흔들거리고,

몸을 굽혀 길게 누우면,
　　　가냘픈 한 척의 배가
뱃전에서 뱃전으로 흔들거리다가
　　　물속에 제 활대를 잠그는 듯.

빙하가 우르릉거리며 녹아
　　　불어난 강물처럼
　　　너의 잇몸 기슭에
네 입의 침이 솟아 넘칠 때는

나는 쓰고도 강렬한 보헤미아의
　　　술이라도 마시는 것 같아,
　　　내 가슴에 별을
뿌리는 저 흐르는 하늘을!

사체

떠올려보오, 내 사랑이여, 우리가 보았던 그 물건,
　　　　이리도 온화한 여름날 화창한 오늘 아침에.
오솔길 굽이에 보기에도 끔찍한 사체 하나
　　　　조약돌 깔린 침대 위에 드러누워,

음탕한 여자처럼 두 다리 허공에 쳐들고,
　　　　뜨겁게 끓어오르며 독기를 뿜으며,
태연하고도 뻔뻔하게 그 냄새 가득한
　　　　배를 열어젖히고 있었지요.

태양은 그 부패물 위에 내리쪼이고 있었으니,
　　　　그걸 알맞게 굽기라도 해서,
위대한 자연이 한데 조립해놓았던 모든 것을
　　　　백 곱절로 되돌려주려는 것 같았죠.

하늘은 그 화려한 해골을 내려다보고 있었지요,
　　　　피어나는 한 송이 꽃이라도 되는 듯.
고약한 냄새 그렇게도 지독해서 하마터면 당신은
　　　　풀 위에 기절할 뻔하였지요.

파리떼가 그 문드러진 배 위에서 윙윙거리고,
　　　구더기의 검은 대열이 거기서 쏟아져,
끈끈한 액체처럼 흘러내리고 있었지요,
　　　그 살아 있는 누더기를 타고.

그 모든 것이 물결처럼 밀려왔다 밀려가고,
　　　혹은 반짝거리며 솟구치곤 하니,
그 몸뚱이가 어느 희미한 숨결에 부풀어올라,
　　　살아서 번식하는 것만 같았지요.

그리고 이 세계가 야릇한 음악 소리를 내는 것이
　　　흐르는 물과 바람 같기도 하고
키질하는 사람이 그 키에 담아 장단 맞춰
　　　까불고 뒤채는 낟알 같기도 하고.

형상은 지워지고 이젠 한 자락 꿈에 불과하니,
　　　잊힌 화폭 위에
천천히 떠오르는, 화가가 오직 기억으로만
　　　완성하는 초벌 그림.

바위 뒤에는 불안해하는 암캐 한 마리
　　　성난 눈으로 우리를 노려보았지요,
먹다 놓친 살덩이를 뼈다귀에서
　　　다시 뜯어낼 틈을 엿보며.

—그렇지만 당신도 어느 날 이 오물과 다름없겠지요,
　　　이 끔찍한 썩은 물건과,
내 눈의 별이여, 내 본성의 태양이여,
　　　그대, 내 천사, 내 정열이여!

그래요! 당신도 이렇겠지요, 오 우미(優美)의 여왕이여,
　　　종부성사가 끝나면,
그대도 무성한 풀과 꽃잎 아래, 백골들 사이로 가서,
　　　곰팡이가 슬 때엔.

그때는 말하시라, 오 나의 미녀여! 그대를
　　　입맞춤으로 파먹는 구더기들에게,
해체된 내 사랑의 형상과 거룩한 정화(精華)는
　　　내가 간직해두었노라고!

DE PROFUNDIS CLAMAVI

심연에서 부르짖었다

내 마음이 굴러떨어진 어두운 구렁텅이 밑바닥에서,
내가 사랑하는 유일한 자 그대여, 내 그대의 연민을 비나니,
여기는 납빛 지평선에 둘러싸인 음울한 세계,
공포와 독신이 어둠 속을 헤엄치고,

열기 없는 태양이 여섯 달을 위에 뜨고,
나머지 여섯 달은 암야가 땅을 덮는.
극지보다도 더 벌거벗은 나라,
— 짐승도, 시내도, 초목도, 수풀도 볼 수 없는!

그런데 얼음 태양의 냉혹한 잔인성과
태고의 혼돈을 닮은 이 끝 모를 밤보다
더 무서운 것이 이 세상에 또 있으랴!

미련한 잠에라도 빠질 수 있는
천하고 천한 짐승의 팔자가 부러우니,
이다지도 시간의 실타래는 더디 풀리네!

흡혈귀

애처로운 내 가슴에
칼날처럼 파고든 너,
악마의 무리처럼 억세게,
미쳐서 치장을 하고 찾아와,

모욕당한 내 정신을
네 침대로, 네 집으로 삼는 너.
— 파렴치한 것, 나는 너에게 얽매여 있다,
사슬에 얽매인 죄수처럼,

노름판에 얽매인 고집스러운 노름꾼처럼,
술병에 얽매인 술꾼처럼,
구더기에 얽매인 시체처럼,
— 저주받아라, 저주받을 여자야!

자유를 얻겠다고 나는
민첩한 칼날에 하소연도 하고,
내 비겁함을 구제해달라고
위험한 독약에 부탁도 했다.

아아! 독약과 칼날은
나를 업신여기며 말했다:
"그 저주받은 종노릇에서
너는 데려올 가치가 없다,

바보야! ─ 설령 우리의 노력으로
너를 그 손아귀에서 풀어놓은들,
네 입맞춤은 되살리고 말겠지,
그 흡혈귀의 주검을!"

(소름 끼치는 유태인 여자 곁에서)

소름 끼치는 어느 유태인 여자 곁에서,
시체 옆에 누운 또하나의 시체처럼 보낸 하룻밤,
그 팔린 몸 곁에서, 내 욕망이 포기한
그 가련한 미인을 나는 생각하기 시작했다.

나는 그 여자의 타고난 위엄을 떠올렸다,
생기와 우아함으로 무장한 그 눈길을,
향기로운 투구 하나를 그녀에게 씌워주는,
생각만 해도 사랑으로 나를 되살리는 그 머리칼을.

네 고결한 몸에 나는 뜨겁게 입맞췄을 것이기에,
싱싱한 발끝에서 검은 머리채까지
그윽한 애무의 보물을 펼쳤을 것이기에,

만약, 어느 날 저녁, 저절로 흘러내린 눈물로,
네가 다만, 오 잔인한 여자들의 여왕아!
네 싸늘한 눈동자의 광채를 흐릴 수만 있었다면.

사후의 회한

암흑의 미녀야, 검은 대리석으로 지은
기념관 밑바닥에서 네가 잠들 때,
침상과 저택이라곤 비에 젖은 땅굴과
움푹한 구덩이밖에 없을 때,

무덤돌이 네 겁먹은 두 가슴이랑
매혹적인 무기력에 부드러워진 네 옆구리를 짓눌러,
네 심장이 뛰놀지도 바라지도 못하게,
네 두 발이 모험을 쫓아 달리지도 못하게 막을 때,

내 끝없는 이야기 들어줄 무덤은,
(무덤은 언제까지나 시인을 이해해줄 터이니)
잠이 쫓겨난 저 길고긴 밤과 밤에,

네게 이리 말할 것이고: "되다만 유녀여, 죽은 자들이
눈물짓는 까닭을 몰랐다는 게 그대에게 무슨 큰일인가?"
─구더기는 한줄기 회한처럼 네 살갗을 갉아먹으리라.

고양이

오너라, 내 아름다운 고양이, 사랑하는 이 가슴 위로.
네 발의 발톱은 접어두고,
금속과 마노가 섞인 그 아름다운 두 눈에
나를 잠기게 하여다오.

네 머리와 그 탄력 있는 등을 내 손가락이
바쁠 것 없이 쓰다듬고,
내 손이 쾌락에 빠져들며 전기를 품은
네 몸을 더듬을 때.

나는 마음속에 내 아내를 본다. 아내의 눈은,
사랑스러운 짐승 너의 눈처럼,
그윽하고 싸늘하여, 투창처럼 베고 가르며,

발끝에서 머리끝까지,
어떤 미묘한 바람, 어떤 위태로운 향기가
그 갈색 몸을 감고 떠돈다.

DUELLUM

결투

두 전사가 서로 덤벼들었네, 그들의 무기는
불꽃과 피를 공중에 튀겼네.
이 유희, 이 칼부림 소리는
훌쩍이는 사랑에 붙잡힌 청춘의 소동.

칼은 부러졌네! 우리의 청춘처럼,
내 사랑이여! 그러나 이빨이, 날카로운 손톱이
이내 음흉스러운 장검과 단검의 앙갚음을 해주네.
—오 사랑에 상처 입어 헐어빠진 가슴의 광란이여!

스라소니와 눈표범 넘나드는 골짜기에
우리 용사들, 악착으로 끌어안고, 뒹구니,
그들의 살가죽은 가시덤불의 메마름에 꽃을 피우리라.

이 심연, 그것은 지옥, 우리 친구들로 가득찼네!
우리도 여기서 뒹굴자, 여한 없이, 비정한 아마조네스여,
우리 증오의 뜨거운 열기 영원하도록!

발코니

추억의 어머니여, 연인 중의 연인이여,
오 그대, 내 모든 기쁨이여! 오 그대, 내 모든 의무여!
그대 생각나는가, 애무의 그 아름다움이,
화롯불의 그 따뜻함이, 저녁의 그 매혹이,
추억의 어머니여, 애인 중의 애인이여!

숯불의 뜨거움으로 불 밝힌 저녁,
그리고 장밋빛 안개에 덮인 발코니의 저녁.
그대 가슴 얼마나 포근했던가! 그대 마음 얼마나
　정다웠던가!
우리는 자주 불멸의 것들을 이야기했었지.
숯불의 뜨거움으로 불 밝힌 저녁.

따뜻한 저녁이면 태양은 얼마나 아름다운가!
하늘은 얼마나 깊은가! 마음은 얼마나 강렬한가!
애인 중의 여왕이여, 내 그대에게 몸을 기대면,
그대 피의 향기를 맡는 것만 같았지.
따뜻한 저녁이면 태양은 얼마나 아름다운가!

밤은 벽처럼 내내 두터워지고,
내 눈은 어둠 속에서 그대 눈동자를 알아보았지,
그리고 나는 그대 숨결을 마셨지, 오 달콤함이며! 오 독기여!
그대의 두 발은 내 정다운 손안에서 잠이 들었지.
밤은 벽처럼 내내 두터워지고.

행복한 순간들이 되살아나게 하는 법을 나는 안다네,
그대 두 무릎에 웅크린 나의 과거를 그렇게 다시 만나네.
그대의 사랑스러운 육체와 그대의 다정한 마음에서가
  아니라면
그대 번민의 아름다움을 찾은들 그게 무슨 소용이 있으랴?
행복한 순간들이 되살아나게 하는 법을 나는 안다네!

그 맹세, 그 향기, 그 끝없는 입맞춤,
우리의 측심기가 닿지 못할 어느 심연에서 그것들은
  되살아나련가,
깊은 바다 밑에서 미역을 감고
다시 젊어져 하늘에 떠오르는 태양과 같이?
— 오 맹세! 오 향기! 오 끝없는 입맞춤!

들린 사나이

태양이 검정 베일에 가려졌다. 너도 그와 같이,
오 내 생명의 달아! 그림자를 포근하게 둘러써라.
네 뜻대로 자거나 담배를 피워라, 입을 다물어라,
　어두워져라,
그러고는 권태의 심연에 온몸을 담가라.

나는 너를 이처럼 사랑한다! 그러나 네가 오늘,
일식으로 이지러졌다가 그림자를 벗어나는 태양처럼,
광기가 붐비는 자리를 활보하고 싶다면,
그것도 좋다! 매혹적인 비수야, 네 칼집에서 솟아나오라!

샹들리에 불꽃으로 네 눈동자에 불을 붙여라!
시골뜨기들의 눈길 속에 욕망의 불을 붙여라!
병적이건 활기차건, 너의 모든 것이 내게는 기쁨이니,

검은 밤이건, 붉은 새벽이건, 네가 되고 싶은 것이 되어라,
내 떨리는 온몸 속에 이렇게 외치지 않는 섬유는
하나도 없다: 오 내 사랑하는 베엘제붑이여, 그대를 경배하노라!

환영

I

어둠

깊이를 알 수 없는 지하 동굴에서,
운명이 벌써 나를 밀어넣은 그곳에서,
장밋빛 명랑한 햇살 하나 들지 않는 그곳에서,
음울한 여주인, 밤과 나 둘뿐인 나는,

비웃는 신(神)의 선고를 받아, 아 슬프다!
어둠 위에다 그림을 그리는 화가와 같고,
그곳에서, 불길한 식욕을 지닌 요리사,
나는 내 심장을 끓여 내가 먹는데,

시시로 번쩍이며, 몸을 뻗어 길게 눕는 것 있으니
우아함과 광채로 빚어진 유령 하나,
제 크기에 온전히 도달할 때,

꿈꾸는 듯 동양풍의 그 자태를 보고,
내 아름다운 손님을 나는 알아본다:
바로 그 사람! 검지만 그러나 빛나는.

II

향기

도취하여 서서히 갈망을 느끼며, 독자여,
그대는 가끔이라도 마셔본 적이 있는가,
성당에 가득찬 훈향(薰香)이나
향주머니에 스며든 사향의 입자를?

그 과거가 현재 속에 되살아나
우리를 취하게 하는, 그윽하고 마술 같은 매력!
이처럼 애인도 제가 사랑하는 육체에서
추억의 미묘한 꽃을 꺾는다.

살아 있는 향낭이랄까, 침소의 향로랄까,
탄력 있고 묵직한 그녀의 머리칼에서,
야생의 거친 향내 떠오르고,

청초한 젊음 흠뻑 배어든
옷에서, 모슬린인가 비로드인가,
털가죽 냄새 내내 풍겨 나왔다.

III

사진틀

아무리 칭찬받는 붓끝으로 그려졌더라도
아름다운 액자가 그 그림을 자연에서 도려내어
내가 알지 못할 신기하고 매혹적인 어떤 것을
거기에 덤으로 붙여주듯이,

그처럼 보석과 가구, 금속, 금박은
그녀의 희한한 아름다움에 감쪽같이 어울리어,
어느 것 하나 그 오롯한 광채 흐리는 것 없으니,
모든 것이 그녀를 위해 테두리가 되는 것만 같았다.

이따금 그녀는 모든 것이 자기를
사랑하고 싶어한다고 믿기라도 하는 듯이,
비단과 린넨의 입맞춤 속에, 제 알몸을

관능에 겨워 잠그곤 하였으니,
몸짓 한 번마다, 서서히 혹은 느닷없이,
원숭이 같은 순진한 교태를 뽐내었다.

IV

초상화

병과 죽음은 남김없이 재로 만드는구나,
우리들 위해 타올랐던 그 모든 불길을.
그리도 열정적이고 그리도 다정했던 그 커다란 눈,
내 마음이 빠져 죽은 그 입술,

방아풀처럼 강력한 그 입맞춤들,
햇살보다 더 싱그럽던 그 격정들,
이제 남은 것이 무엇인가? 두렵구나, 오 내 마음아!
색 바랜 삼색 파스텔의 데생 하나뿐이구나,

그것마저 나처럼 고독 속에 죽어가고,
시간이, 저 몹쓸 늙은이가
그 거친 날개로 날마다 비벼 지우고……

삶과 예술의 검은 칼잡이야,
너는 내 기억 속에서 결코 죽이지 못하리라,
내 기쁨이요 내 영예였던 그 여인을!

(내 너에게 이 시구를 바치니)

내 너에게 이 시구를 바치니, 행여 내 이름이
저 머나먼 시대에 닿아서, 하룻저녁이라도
사람들의 뇌수를 꿈꾸게 한다면,
우람한 북풍의 은혜를 입은 배,

너의 기억이, 불확실한 옛 얘기와도 같이,
팀파니 소리만큼 독자를 피곤하게 하면서,
형제의 정을 담은 신비한 사슬고리로
내 도도한 각운에 매달린 듯 남아 있게 하기 위함이라,

저주받은 존재여, 깊은 나락에서 하늘 꼭대기까지
나 아니면 대답해주는 것이 아무것도 없는 그대!
—오 그대, 흔적마저도 덧없는 망령처럼,

그대를 모질다 판단한 저 어리석은 인간들을,
가벼운 발과 서늘한 눈으로 짓밟고 가는 그대,
흑옥 눈동자의 조각상이여, 청동 이마의 거대 천사여!

SEMPER EADEM
언제나 이대로

"그 야릇한 슬픔이 어디서 당신에게 오느냐"고 당신은
　말했지요,
"저 벌거숭이 검은 바위 위로 바닷물 밀려오듯?"
— 우리 마음이 한번 추수를 끝내면,
산다는 것은 괴로움. 그것은 누구나 아는 비밀,

명백하기 그지없어, 아무런 신비도 없고,
당신의 기쁨처럼, 누구 눈에도 빤한 고통.
그러니 더 묻지 마오, 오 호기심 많은 미인이여!
당신 목소리 비록 감미롭지만, 입을 다물어요!

입을 다물어요, 몽매한 사람! 언제나 매혹된 여인이여!
천진한 웃음 띤 입이여! 삶보다도 훨씬 더
죽음이 그 오묘한 줄로 자주자주 우리를 옭아매지요.

제발, 제발 내 마음이 거짓에 취해,
아름다운 꿈결엔 듯 당신의 아름다운 눈에 잠겨,
그 눈썹 그늘 아래 길이 잠들게 하여주오!

그녀는 모든 것이

악마가 내 다락방으로
오늘 아침 나를 찾아와,
흠잡을 데를 찾아내려고,
내게 하는 말이, "정말 알고 싶은데,

그 여자의 마력을 만들어내는
온갖 아름다운 것들 가운데,
매혹적인 그 몸을 이루고 있는
검은 것이나 장밋빛인 것 가운데,

가장 감미로운 게 무엇인가?" ─오 나의 혼이여!
너는 이 흉물에게 대답했지:
"그녀에게선 매사가 방아풀,
더 좋고 말고가 있을 수 없지.

매사가 나를 호리니, 무엇이
나를 유혹하는지 알 수 없다.
그녀는 새벽처럼 눈부시고
밤처럼 나를 달래준다.

그리고 조화가 너무도 미묘하게
그 아름다운 몸을 모두 다스리니,
어찌 미약한 분석으로
그 많은 화음을 기보할 수 있겠는가.

하나로 녹아든 내 모든 감각의
오 신비로운 변신이여!
그녀의 목소리가 향기를 만들어 내듯,
그녀의 숨결은 음악을 만들어 내네!"

42

(무슨 말을 하겠느냐, 오늘 저녁)

무슨 말을 하겠느냐, 오늘 저녁, 외롭고 가엾은 혼아,
무슨 말을 하겠느냐, 내 마음아, 옛적에 시들은 마음아,
거룩한 눈길로 불현듯 너를 다시 꽃피워낸,
아주 아름답고, 아주 착하고, 아주 사랑스러운 저 여인에게?

─ 그녀를 찬미함에 우리의 긍지를 두자:
어느 것도 그 위엄 속의 다정함만은 못하지.
그 영적인 육체에는 천사들의 향기가 있고,
그 눈동자는 빛으로 옷을 지어 우리를 입히지.

한밤과 고독 속에 들어 있건,
거리와 군중 속에 들어 있건,
그녀의 환영이 공중에서 횃불처럼 춤을 춘다.

때로 환영은 말하고 지시한다: "나는 아름답다, 난 명령한다,
날 사랑하고 싶으면 오직 아름다움만 사랑하라고:
나는 수호의 천사이자 뮤즈, 그리고 마돈나."

살아 있는 횃불

내 앞을 걸어간다, 그 빛으로 가득찬,
아주 박식한 천사한테 분명 자력(磁力)을 얻었을,
그 두 눈이 걸어간다, 내 형제인 이 거룩한 형제가,
금강석처럼 빛나는 불꽃을 내 두 눈에 흔들어 깨우며.

온갖 함정과 온갖 중죄(重罪)에서 나를 건지어,
아름다움의 길로 그들은 내 발걸음을 이끈다.
그들은 내 하인, 나는 그들의 노예,
내 모든 존재는 이 살아 있는 횃불에 순종한다.

매혹의 두 눈이여, 너희들은 대낮에 타오르는
촛불들의 신비한 광채로 빛난다. 햇빛에
붉어지지만, 그 환상의 불꽃 꺼지지는 않는다.

촛불은 죽음을 기리고, 너희들은 부활을 노래한다.
너희들은 걸어간다, 내 혼의 부활을 노래하며,
어느 태양도 그 불꽃 시들게 하지 못할 별이여!

공덕전환

쾌활이 가득한 천사여, 그대는 아는가, 고뇌를,
치욕을, 회한을, 흐느낌을, 권태를,
그리고 종이를 구기듯 가슴을 짓누르는
저 무서운 밤들의 막연한 공포를?
쾌활이 가득한 천사여, 그대는 아는가, 고뇌를?

선의가 가득한 천사여, 그대는 아는가 증오를,
복수가 북을 쳐 지옥으로 우리를 소집하며
우리의 온갖 힘을 거느리고 지휘할 때
어둠 속에서 떠는 주먹과 쓸개즙의 쓴 눈물을?
선의가 가득한 천사여, 그대는 아는가 증오를?

건강이 가득한 천사여, 그대는 아는가 열병을,
우중충한 자선병원의 길고 높은 담을 따라서,
드문 햇빛을 찾아 입술을 달싹거리며,
망명자들처럼 느릿느릿 걸어가는?
건강이 가득한 천사여, 그대는 아는가 열병을?

아름다움이 가득한 천사여, 그대는 아는가 주름살을,
늙어가는 두려움을, 그리고 갈망하는 우리의 눈이
오래도록 갈증을 달래던 그 눈 속에서, 우리의 호의를
은밀히 혐오하는 기색을 읽어낼 때의 저 끔찍한 고통을?
아름다움이 가득한 천사여, 그대는 아는가 주름살을?

행복과 기쁨과 빛이 넘치는 천사여,
죽어가는 다윗 왕이라면 황홀한 그대 몸에서
퍼져나는 생기에 건강을 구했으련만,
내 그대에게 애원하는 것은, 천사여, 그대의 기도뿐,
행복과 기쁨과 빛이 넘치는 천사여!

고백

한 번, 단 한 번, 사랑스럽고 정다운 사람아,
　　　내 팔에 당신의 미끈한 팔이
기대었지(내 혼의 저 어두운 밑바닥에서
　　　그 추억은 조금도 바래지 않는다).

밤늦은 시간이었다, 신품 메달처럼
　　　보름달이 걸려 있었고,
밤의 장엄함이, 한줄기 강물처럼,
　　　잠든 파리 위로 흘렀지.

그리고 집들을 따라, 마차 출입 대문 아래로,
　　　고양이들이 귀를 세우고,
살금살금 지나가거나, 다정한 그림자들처럼,
　　　천천히 우리를 따라오고 있었지.

별안간, 허물없는 친밀감 한가운데서
　　　희미한 빛 아래 피어난,
명랑한 기쁨밖엔 다른 소리 울리지 않는
　　　풍요롭고 낭랑한 악기, 당신에게서,

당신에게서, 불꽃 반짝이는 아침, 팡파르처럼
　　　　명랑하고 즐거운 당신에게서
한탄하는 음조 하나, 야릇한 음조 하나,
　　　　주저하며 새어 나왔지요,

허약하고, 못생기고, 음울하고, 불결한,
　　　　가족들이 얼굴 붉히며,
세상의 눈을 피해 오랫동안, 남모르게 굴속에
　　　　숨겨둔 어린 여자아이같이.

가엾은 천사여, 당신의 새된 음조가 노래하였죠:
　　　　"이 세상엔 확실한 게 하나도 없고,
아무리 정성 들여 꾸며보아도, 언제나,
　　　　사람의 이기심은 드러나고 말지요.

미인으로 살아가기도 힘이 드는 일,
　　　　그것은 억지웃음 속에
자지러지는, 어리석고 쌀쌀한 무희의
　　　　진부한 노동 같은 것.

사람들 마음 위에 집을 세우는 것은 바보짓,
　　　　사랑도 아름다움도 모든 것이 깨어지죠,
마침내 망각이 제 바구니에 집어 던져
　　　　영원의 시간에 되돌려줄 때까지!"

나는 종종 회상하였다, 그 황홀한 달을,
　　　　그 적막과 그 나른함을,
그리고 마음의 고해실에서 속삭인
　　　　그 무서운 속내 이야기를.

정신의 새벽

탕자들의 방으로 흰빛 주홍빛 새벽이
마음을 갉아드는 이상과 더불어 들어올 때,
어느 신비로운 복수자의 작전으로
졸던 야수 속에서 한 천사가 깨어난다.

영적 하늘나라, 그 범접하지 못할 창공이,
땅바닥에 쓰러져 여전히 꿈꾸며 괴로워하는 사내를 위해,
열리며, 심연의 매력을 띠고 내려앉는다.
이처럼, 정다운 여신이여, 명철하고 순결한 존재여,

어리석은 술잔치의 어지러운 찌꺼기 위에서,
더욱 해맑고, 더욱 장밋빛 어린, 더욱 매혹적인 너의 추억이
크게 뜬 내 두 눈에 끊일 줄 모르고 나풀거린다.

태양이 촛불을 흐려놓았구나,
이처럼, 언제나 승리자, 너의 환영은,
찬란한 혼이여, 불멸의 태양과 같구나!

저녁의 해조

이제 그 시간이 오네, 꽃대 위에서 바들거리며
꽃은 송이송이 향로처럼 피어오르고
소리와 향기 저녁 하늘에 감돌고.
우울한 왈츠에 나른한 어질머리!

꽃은 송이송이 향로처럼 피어오르고,
아픈 마음 하나 떨리듯 바이올린은 흐느끼고,
우울한 왈츠에 나른한 어질머리!
하늘은 대제단처럼 슬프고도 아름답네.

아픈 마음 하나 떨리듯 바이올린은 흐느끼고,
막막하고 어두운 허무가 싫어, 애절한 마음 하나!
하늘은 대제단처럼 슬프고 아름답네.
태양은 얼어붙는 제 핏속에 빠져들고.

막막하고 어두운 허무가 싫어, 애절한 마음 하나,
저 빛나는 과거의 자취를 모두 긁어모으네,
태양은 얼어붙는 제 핏속에 빠져들고……
그대의 추억이 내 안에서 성광(聖光)처럼 빛나네!

향수병

어떤 물건도 다공질이 되어버리는
강렬한 향기가 있다. 유리라도 뚫을 것 같다.
자물쇠가 이를 갈고 소리 지르며 찡그리는
동양에서 건너온 손궤를 열거나,

빈집에서 세월의 독한 냄새 가득한,
먼지 끼고 새까만 옷장을 열면,
어쩌다 눈에 띄는, 추억에 잠긴 고물 향수병,
되돌아온 혼이 하나 거기서 생생하게 솟아오른다.

서글픈 번데기들, 천 개의 생각이 잠들어 있다가,
무거운 어둠 속에 부드럽게 떨면서,
날개를 빼내어 날아오르기 시작한다,
하늘빛으로 물들고, 장밋빛을 입고, 금박을 두르고.

보라, 탁한 공기 속에 취기를 품은 추억이
파닥인다. 두 눈이 감긴다. 현기증이
정복당한 혼을 붙들고는, 두 손으로 인간의 장기(瘴氣)에
어둑해진 심연 쪽으로 밀어뜨려,

천년 묵은 심연의 기슭에 쓰러뜨리니,
냄새 풍기며 제 수의(襚衣)를 찢는 나사로,
산패한, 매혹적이면서도 죽음 같은 옛사랑의
유령 같은 시체가 잠 깨어 꿈틀거린다.

이처럼, 나도 사람들의 기억에서 사라졌을 때,
서글픈 고물 향수병처럼, 늙어빠지고, 먼지 끼고,
더럽고, 비천하고, 끈적거리고, 금이 가서,
을씨년스러운 옷장 구석에 내던져졌을 때,

나는 너의 관이 되리라, 사랑스러운 악취여!
네 힘과 네 독성의 증인이 되리라,
천사가 마련한 친애하는 독약이여!
나를 갉아드는 액체, 오, 내 마음의 삶과 죽음이여!

독

술은 아무리 누추한 집도 기적 같은
사치로 덮을 줄 알고,
흐린 하늘에 저물어가는 태양과 같은,
그 붉은 안개의 황금에 싸인
환상의 회랑을 몇 개라도 솟아오르게 한다,

아편은 한도 끝도 없는 것을 더 넓히고,
무한을 더 늘이고,
시간을 깊게 하고, 관능을 파고들어,
어둡고 적막한 쾌락으로
혼을 그 용량에 넘치도록 가득 채운다.

이런 모든 것도 너의 눈에서, 너의 푸른 눈에서
흘러내리는 독만은 못하다,
내 혼이 떨며 거꾸로 비치는 호수여……
내 꿈들은 떼지어 몰려가
그 쓰라린 심연에서 목마름을 푼다.

이런 모든 것도 나를 깨무는 네 침의
　　　　무서운 기적만은 못하니,
내 혼을 가차없이 망각 속에 빠뜨리곤,
　　　　현기증에 휩쓸어서
죽음의 강변으로 실신시킨 채 굴려간다!

흐린 하늘

그대의 시선은 안개에 덮였다 말해야 하리,
신비로운 그대 눈은(푸른색인가, 잿빛인가, 초록인가?)
차례차례 정겹고, 꿈에 잠기고, 매정하여,
하늘의 무심함과 창백함을 비춘다.

그대가 마법에 걸린 마음들을 눈물로 녹여주는
저 하얗고, 따사하고, 베일을 쓴 날들을 떠올리게 한다면,
너무나 깨어 있는 신경이 알 수 없는 고통에 쥐어짜여
안절부절못하며, 잠자는 정신을 비웃을 때지.

그대는 때때로 안개 낀 계절의 태양이 불 지르는
저 아름다운 지평선을 닮았고……
흐린 하늘에서 떨어지는 햇살에 불타는
젖은 풍경, 그대는 얼마나 찬란한가!

오 위험한 여자, 오 매혹적인 풍토!
나 또한 그대 눈(雪)과 그대 풍토의 서리를 사랑하여,
얼음과 칼보다 더 날카로운 쾌락을
그 무정한 겨울에서 끌어낼 수 있을까?

51

고양이

I

내 머릿골 속을, 강하고, 부드럽고, 매혹적인,
아름다운 고양이 한 마리가.
제 방안을 거닐 듯 돌아다닌다.
녀석이 야옹거려도 그 소리 겨우 들리고,

이토록 그 울림 부드럽고 은근하지만,
그 목소리 가라앉을 때나 으르렁거릴 때나,
변함없이 풍요롭고 깊숙하다.
그것이 바로 녀석의 매력이자 비밀.

내 가장 어두운 바닥에
그 목소리, 방울지어 스며들어,
박자 맞는 시구처럼 나를 가득 채우고,
미약처럼 나를 즐겁게 한다.

그 목소리 가장 잔인한 고통도 잠들게 하고,
온갖 황홀을 제 안에 간직한다.
더없이 긴 문장을 말하는데도,
이런저런 낱말이 필요 없다.

그렇지, 완벽한 악기, 내 심장을 갉아내며,
가장 쉽게 떨리는 그 금선을
이보다 더 당당하게
노래하게 하는 활은 없지,

너의 목소리밖에는, 신비로운 고양이,
세라핀 같은 고양이, 이상한 고양이야,
네 안에서는, 한 천사 안에서처럼
모든 것이 미묘하고 조화롭구나!

II

금빛과 갈색 그 털에서
그리도 부드러운 향기 풍겨나와,
어느 날 저녁, 한 번, 꼭 한 번
쓰다듬었더니, 그 냄새 내 몸에 배어들었다.

그것은 이 자리의 수호 정령,
제 왕국 안의 온갖 것을
판결하고, 주재하고, 선동한다.
어쩌면 요정일까, 귀신일까?

두 눈이 내 사랑하는 이 고양이 쪽으로
지남철에 끌리듯 끌려서
다소곳이 되돌아와
내 자신을 들여다볼 때면,

나는 깜짝 놀란다,
뚫어지게 나를 바라보는,
그 파리한 두 눈동자의 불꽃,
밝은 신호등, 살아 있는 오팔을 보고.

52

아름다운 배

네게 이야기하고 싶구나, 오 부드러운 마법사야!
네 청춘을 치장하는 가지가지 아름다움을.
                   앳됨이 성숙함과 한데 어울린
네 아름다움을 네게 그려주고 싶구나.

널따란 치맛자락으로 바람을 쓸고 갈 때,
너는 난바다로 나가는 아름다운 배 한 척,
                   돛 달고 파도를 타며
감미로운 리듬을 따라, 게으르게, 느릿하게.

넓고 포동포동한 네 목 위에서, 오동통한 네 어깨 위에서,
네 머리는 야릇한 매력 뽐내며, 건들거린다,
                   평온하면서도 의기양양한 품새로
너는 네 길을 간다, 위풍당당한 아이야.

네게 이야기하고 싶구나, 오 부드러운 마법사야!
네 청춘을 치장하는 가지가지 아름다움을.
                   앳됨이 성숙함과 한데 어울린
네 아름다움을 네게 그려주고 싶구나.

물결무늬 천을 밀고 올라와 앞으로 나아가는 네 젖가슴,
의기양양한 네 젖가슴은 아름다운 찬장 한 개,
　　　　　둥그스름하고 윤나는 그 널판은
마치 방패처럼 쏟아지는 섬광을 막는다.

장미색 꼭지를 장치하고 도전하는 방패야!
감미로운 비밀이 있는, 포도주로, 향료로, 증류주로,
　　　　　좋은 것들로 가득한 찬장,
뇌수들과 심장들을 열광하게 하리라!

널따란 치맛자락으로 바람을 쓸고 갈 때,
너는 난바다로 나가는 아름다운 배 한 척,
　　　　　돛 달고 파도를 타며
감미로운 리듬을 따라, 게으르게, 느릿하게.

네 의젓한 다리는, 걷어차이는 치맛자락 아래서,
은근한 욕망을 자극하고 부추긴다,
　　　　　깊은 단지 속
검은 미약을 휘저어대는 두 마녀와도 같이.

나 어린 장사쯤은 깔볼 만도 한 네 두 팔은
번들거리는 보아뱀의 손색없는 맞수,
            네 애인을 가슴에라도 새길 듯,
완강하게 끌어안도록 만들어진 것.

넓고 포동포동한 네 목 위에서, 오동통한 네 어깨 위에서,
네 머리는 야릇한 매력 뽐내며, 건들거린다,
            평온하면서도 의기양양한 품새로
너는 네 길을 간다, 위풍당당한 아이야.

53

여행에의 초대

내 아이야, 내 누이야,
거기 가서 같이 사는
그 즐거움을 이제 꿈꾸어라!
느긋이 사랑하고,
사랑하다 죽고 지고,
그리도 너를 닮은 그 나라에서!
그 흐린 하늘의
젖은 태양은
내 정신을 호리기에도 알맞게
눈물 너머로 빛나는
네 종잡을 수 없는 눈의
그 신비하고 신비한 매력을 지녔단다,

거기서는 모든 것이 질서와 아름다움,
사치와 고요, 그리고 쾌락일 뿐.

연륜에 닦여,
윤나는 가구들이
우리들의 방을 장식하고,
가장 진귀한 꽃들이
저들의 향기를
은은한 용연향에 뒤섞고,
호화로운 천장,
그윽한 거울,
동양의 찬란한 광채가 모두
거기에선 속삭이리라,
마음에게 은밀하게,
감미로운 저의 본디 말을.

거기서는 모든 것이 질서와 아름다움,
사치와 고요, 그리고 쾌락일 뿐.

보라, 저 운하에서
잠자는 배들을,
그들의 기질이야 떠도는 나그네,
세상의 끝에서
그들이 오는 것은
네 자잘한 소망까지 채워주기 위해서지.
— 저무는 태양이
보랏빛, 금빛으로
들판을 덮고, 운하를 덮고,
온 도시를 덮고,
세상은 잠든다,
따사로운 노을빛 속에서.

거기서는 모든 것이 질서와 아름다움,
사치와 고요, 그리고 쾌락일 뿐.

54

돌이킬 수 없음

저 늙은, 저 묵은 회한을 우리는 목 조를 수 있을까?
　　　　살아서, 요동하고, 꿈틀거리는,
주검의 구더기처럼, 떡갈나무의 쐐기처럼,
　　　　우리를 뜯어먹고 사는,
저 악착스러운 회한을 우리는 목 조를 수 있을까?

무슨 미약 속에, 무슨 술 속에, 무슨 탕약 속에,
　　　　빠뜨려 죽일 수 있을까?
창녀처럼 파괴적이고 식탐 많은,
　　　　개미처럼 끈덕진, 이 오랜 원수를?
무슨 미약 속에? ―무슨 술 속에? ―무슨 탕약 속에?

말하라, 아름다운 무녀야, 오! 말하라, 그대 알거든,
　　　　부상병에게 으깨지고
말발굽에 짓밟혀 죽어가는 사내에게 말하듯
　　　　번민 가득한 이 정신에게,
말하라, 아름다운 무녀야, 오! 말하라, 그대 알거든,

이리가 벌써 냄새를 맡는 이 빈사자에게,
　　　　까마귀가 노려보는,
이 기진한 병사에게! 십자가도 무덤도 이젠 없다고
　　　　절망해야만 하는지,
이리가 벌써 냄새를 맡는 이 가엾은 빈사자!

진흙같이 캄캄한 하늘을 밝힐 수 있을까?
　　　　찢어버릴 수 있을까, 저 어둠을?
송진보다 더 짙은, 아침도 없고 저녁도 없는,
　　　　별도 없는, 음산한 번개도 없는,
진흙같이 캄캄한 하늘을 밝힐 수 있을까?

여인숙의 유리창에서 반짝인다는 희망은
　　　　꺼졌구나, 영원히 죽었구나!
달빛도 없고 불빛도 없이, 험한 길의 순교자들을
　　　　잠재워줄 자리 어디서 찾아낼까?
악마가 여인숙 유리창의 불을 모조리 꺼버렸다!

사랑스러운 무녀여, 영벌 받은 자들을 그대는 사랑하는가?
　　　말하라, 용서받지 못할 것을 그대는 아는가?
독 묻은 화살을 들고 우리의 심장을 과녁으로 삼는
　　　저 회한을 그대는 아는가?
사랑스러운 무녀여, 영벌 받은 자들을 그대는 사랑하는가?

돌이킬 - 수 - 없음은 그 저주받은 이빨로 갉아먹는다,
　　　애처로운 기념비, 우리의 혼을.
그러고는 자주 공격한다, 흰개미가 그렇듯,
　　　건물을 그 토대부터.
돌이킬 - 수 - 없음은 그 저주받은 이빨로 갉아먹는다!

— 나는 가끔 본 적이 있다, 추레한 극장의 배경이
　　　우렁찬 오케스트라로 불타오를 때,
선녀 하나 나타나 지옥 같은 하늘에 기적 같은
　　　새벽빛 하나 밝히는 모습을,
나는 가끔 본 적이 있다, 추레한 극장의 배경에서

빛이며 황금이며, 투명 망사일 뿐인 한 존재가

거대한 마왕을 때려눕히는 모습.

그러나 황홀이 찾아온 적 없는 내 가슴은

마냥 기다리는 극장,

마냥, 마냥 헛되이, 투명 망사의 날개 달린 존재를!

정담

당신은 아름다운 가을 하늘, 맑고도 장밋빛인!
그러나 슬픔이 내 안에 바닷물처럼 차오르고,
썰물 되어 나갈 때는, 침울한 내 입술에
쓰디쓴 개펄의 쓰라린 추억을 남기지요.

— 네 손이 몽롱해지는 내 가슴을 쓰다듬은들 헛된 일,
손이 찾는 것은 벌써, 사랑하는 사람아, 여자의
사나운 이빨과 손톱이 휩쓸었던 자리.
내 심장을 찾지 마오, 벌써 짐승들이 먹어버렸지.

내 가슴은 군중들의 법석으로 훼손된 궁전,
술에 취하고, 서로 죽이고, 머리칼을 서로 움켜잡지!
— 당신의 벗은 젖가슴을 싸고 향기가 감도네요!⋯⋯

오 미녀여, 혼들의 가혹한 도리깨여, 그대가 바라는 것은
   그것!
축제처럼 찬연한 그대 불의 눈으로,
태워주오, 짐승들 먹다 남긴 이 누더기를!

가을의 노래

I

머지않아 우리는 차가운 어둠 속에 잠기리라,
잘 가라, 너무나 짧았던 우리네 여름날의 생생한 빛아!
내게는 벌써 들려온다, 불길한 충격음을 높이 울리며
안마당 돌바닥에 나뭇짐 떨어지는 소리가.

분노, 증오, 오한, 두려움, 힘겹고 강요된 노역,
이 모든 겨울이 이제 내 삶 속으로 되돌아오니,
내 심장은, 극지의 지옥에 떨어진 태양처럼,
한낱 얼어붙은 살덩이에 지나지 않으리라.

한 개비 한 개비 떨어지는 장작, 나는 떨며 듣는다,
처형대 쌓는 소리도 이보다 더 둔탁하지는 않지.
내 정신은 저 허물어지는 망루와 다름없어,
육중한 파성추가 지칠 줄 모르고 다그친다.

이 단조로운 충격음에 나는 몸을 맡기고 흔들리며,
어디선가 서둘러 관에 못박는 소리를 듣는 것만 같다.
누구를 위한 관? — 어제는 여름, 이제는 가을이라니!
저 신비로운 소리가 떠남의 신호처럼 울린다.

II

나는 당신의 갸름한 눈 그 푸르스름한 빛을 사랑하지,
정다운 가인아, 하지만 오늘 내게는 모든 것이 쓰라린 맛,
당신의 사랑도, 침소도, 난로도, 어느 것도,
바다 위에 빛을 뿌리는 태양만은 못하다.

그렇더라도 사랑해다오, 따뜻한 마음아! 어머니가 되어다오,
은혜를 모르는 놈이라도, 심술궂은 놈이라도.
애인이라도 좋고 누이라도 좋고, 해맑은 가을볕이건
저무는 햇볕이건 그 덧없는 따스함이 되어다오.

잠깐의 수고! 무덤이 기다린다, 무덤은 허기졌다!
아! 당신의 무릎 위에 이 이마를 올려놓고,
불타오르던 하얀 여름을 그리워하며,
늦가을의 노랗고 부드러운 햇살을 맛보게 하여다오!

어느 마돈나에게
스페인 취향의 봉납물

나 그대 위해 세우려 하네, 마돈나여, 내 애인이여,
지하 제단 하나를 내 비탄의 밑바닥에 쌓고,
내 가슴속 가장 어두운 구석에,
속세의 욕망과 조롱하는 시선에서 멀리 떠나,
온통 하늘빛 금빛으로 칠보단장한 벽감을 파서,
깜짝 놀랄 조각상, 그대가 들어서게 하려 하네.
수정 각운으로 솜씨 좋게 별을 박은
순수 금속의 격자, 내 공들인 시구로,
그대의 머리에 씌울 큼직한 왕관을 만들겠네.
그리고, 내 질투심으로, 오 필멸의 인간 마돈나여,
그대에게 망토 하나 말아드리리, 미개인들이
그리하듯, 뻣뻣하고 무겁게, 의심으로 안감을 대면,
파수들의 초소처럼 그대의 매력을 가두어두겠지,
진주가 아니라 내 모든 눈물로 수를 놓아서!
그대의 옷, 그것은 내 욕망일 것이니, 떨며
물결치는 내 욕망은 솟아올랐다 내려갔다,
꼭대기에서는 균형을 잡고, 골짜기에서는 쉬며,
그대의 흰빛 장밋빛 온몸을 입맞춤 하나로 감싸지.
나는 내 존경으로 아름다운 비단 구두를 지을 터이니,
그대의 거룩한 두 발에 밟히면서도,

부드러운 포옹으로 그 발 붙잡아 조이며,
성실한 거푸집처럼 그 자국을 간직하리라.
내 근면한 기술을 모두 부려서도,
그대의 발판이 될 은빛 달을 마를 수 없다면,
내 창자를 물어뜯는 저 뱀을 그대 발꿈치 아래
가져다놓을지니, 증오와 독액으로 부풀 대로 부푼
이 괴물을 그대 밟으며 비웃게 하기 위함이라,
구제도 자주 하시는 승리의 여왕이여.
그대는 보리라, 동정녀들의 여왕 그 꽃핀 제단 앞의
촛불들처럼 가지런히 늘어선 내 생각들이
그 반사광을 파랗게 칠한 천장에 별 뿌리듯 비추며,
불타는 눈으로 언제까지나 그대를 바라보는 정경을.
내 안의 모든 것이 그대를 사랑하고 사모하기에,
그 하나하나가 안식향, 훈향, 유향, 몰약이 되고,
끊임없이 새하얀 눈 봉우리 그대를 향해
비바람 몰아치는 내 정신은 안개 되어 솟아오르리.

마침내, 그대가 맡은 마리아의 구실을 다하도록,
그리고 또한 사랑을 야만과 섞기 위해,
검은 쾌락이여! 일곱 가지 중죄로
회한 가득한 사형집행인 나는 일곱 자루 서슬 푸른
칼을 만들어, 냉정한 칼 던지기 곡예사처럼,
그대 사랑의 가장 깊숙한 곳을 과녁으로 삼아,
펄떡이는 그대 심장에 남김없이 꽂으리라,
흐느끼는 그대 심장에, 피 흐르는 그대 심장에!

오후의 노래

네 눈썹 심술궂어
천사의 표정이랄 순 없는
야릇한 얼굴이지만,
흥미로운 눈을 가진 요녀야,

내 너를 애경한다, 오 경박한 사람,
내 무서운 정념아!
우상을 섬기는
사제의 신앙심으로.

사막과 숲이
거친 네 머리칼 향기롭게 하니,
네 머리가 간직한 것은
수수께끼와 비밀의 자태.

향로 언저리처럼
네 살결에 향기 감돌고,
저녁처럼 마법을 거는구나,
어둡고 뜨거운 님프야.

아! 아무리 강한 미약도
네 게으름만은 못하니,
죽은 자들을 되살리는
애무를 너는 아는구나!

네 엉덩이는
등과 젖가슴을 갈망하고,
너는 네 나른한 미태로
방석을 호린다.

어쩌다 알 수 없는 광기를
가라앉히려고,
너는 아낌없이 퍼붓는다,
정색을 하고, 깨물음과 입맞춤을.

빈정거리는 비웃음으로,
갈색 여자야, 너는 나를 찢고는,
달빛처럼 부드러운 눈길을
내 가슴에 던진다.

네 비단신 아래,
네 매혹적인 명주 발아래
나는 맡긴다, 나는, 내 크나큰 기쁨을,
내 재능과 내 운명을,

너로 해서 회복된 빛이자 빛깔,
너로 해서 회복된 내 혼을!
내 마음의 캄캄한 시베리아에서
솟아오르는 정열의 폭발이여!

시지나

상상해보시라, 옷차림도 멋진 디아나를,
숲을 달리거나 잡목림 헤쳐나가며,
머리칼과 젖가슴 바람에 날리며, 소란에 도취해서,
늠름하고 당당하게, 제일급 기사들과 맞서며!

당신은 보았는가, 살육의 애인 테루아누를,
신발 없는 민중에게 돌격하라 선동하고,
볼과 눈 불타오르며 한 역할 감당하며,
손에 칼을 쥐고 궁궐의 계단 뛰어오르는?

그것이 바로 시지나! 그러나 따뜻한 여전사,
살기를 띤 그만큼 자애로운 영혼,
그녀의 용기는, 화약과 북소리에 끓어올라도,

애원자들 앞에서는 무기를 내려놓을 줄 알며,
그 가슴은, 불꽃이 휩쓸어간 뒤에도, 여전히,
그럴 만한 사람을 위해, 눈물의 저수조를 지녔다.

FRANCISCÆ MEÆ LAUDES
나의 프란시스카에게 바치는 찬가

새로운 줄에 실어 그대를 노래하리라,
내 마음의 고독 속에서
놀고 있는, 오 어린 사슴아.

우리의 죄 씻어주는,
화환으로 그대 장식하라,
오 그윽한 여인아!

자비로운 레테강에서 물을 긷듯,
자력이 스며든 몸 네게서
나는 입맞춤 길어올리리라.

악덕의 태풍이
모든 길을 어지럽힐 때,
너는 내게 나타났다, 여신아,

쓰라린 난파를 비추는
구원의 별과도 같이……
— 나는 네 제단에 내 심장을 걸리라!

미덕이 가득한 연못,
영원한 청춘의 샘물아,
내 말없는 입술에 목소리를 돌려다오!

비천한 것을, 너는 불살랐고,
거친 것을, 너는 다듬었고,
허약한 것을, 너는 굳건하게 일으켰다!

굶주릴 땐 나의 숙소,
어둔 밤에는 나의 등불,
항상 가야 할 길로 나를 이끌어다오.

이제 내 힘에 힘을 더해다오,
감미로운 향료로
향기 감도는 따뜻한 목욕아!

내 허리를 감고 빛나라,
순결의 허리띠야,
천사의 물에 적시는 담금질아,

보석으로 반짝이는 술잔,
소금을 친 빵, 맛좋은 요리,
거룩한 술, 프란시스카야!

식민지 태생의 한 귀부인에게

햇볕이 쓰다듬는 향기로운 나라에서,
온통 붉게 물든 나무들과 종려 어울려 만든 지붕 밑,
게으름이 눈에 비처럼 쏟아지는 그늘에서 나는 만났다,
남모르는 매력을 지닌 식민지 태생 부인을.

그 낯빛 파리하고도 뜨겁다, 이 갈색 마법사
목에는 고결하게 꾸민 태깔,
훤칠하고 날씬한 키에, 사냥꾼처럼 걸어간다,
미소는 조용하고, 눈빛은 단호하다.

부인이시여, 센강 변이나 푸른 루아르강 변의
참된 영광의 나라로, 만일 당신이 가신다면,
오랜 저택 장식하기에 알맞은 가인이시여,

당신은 그늘진 은거지에 들어앉아,
그 큰 눈으로 당신네 흑인들보다 더 순하게 길들이신,
저 시인들의 가슴에 천 개의 소네트를 싹틔우시련만.

MŒSTA ET ERRABUNDA

서글프고 방황하는

말하라, 너의 마음은 때때로 날아가는가, 아가트여,
더러운 도시 이 검은 대양을 멀리 떠나,
처녀처럼 푸르고, 맑고, 깊은 그곳,
찬란한 빛 폭발하는 또하나의 대양을 향해?
말하라, 너의 마음은 때때로 날아가는가, 아가트여?

바다, 망망한 바다는 우리의 노고를 위로한다!
어느 악마가, 바람소리 으르렁대는 거대한 오르간의
반주 따라 목쉰 소리로 노래하는 저 바다에
아기 달래는 여자의 숭고한 구실을 점지하였나?
바다, 망망한 바다는 우리의 노고를 위로한다!

나를 데려가라, 열차여, 나를 실어가라, 쾌속 범선이여!
멀리! 멀리! 여기 진창은 우리 눈물로 이루어진 것!
— 아가트의 슬픈 마음은 정말 때때로 이렇게
말하는가: 회한에서, 죄악에서, 고통에서 멀리,
나를 데려가라, 열차여, 나를 실어가라, 쾌속 범선이여!

너는 멀기도 하구나, 향기로운 낙원이여,
맑은 창공 아래 모든 것이 사랑과 기쁨일 뿐인 곳,
사랑하는 것이 모두 사랑받을 가치가 있는 곳,
마음이 맑은 쾌락 속에 잠기는 곳!
너는 멀기도 하구나, 향기로운 낙원이여!

그러나 천진난만한 사랑의 초록빛 낙원은,
뜀박질은, 노래는, 입맞춤은, 꽃다발은,
저녁에, 숲속에서, 포도주잔과 함께,
언덕 너머에서 떨며 울리던 바이올린은,
— 그러나 천진난만한 사랑의 초록빛 낙원은,

은밀한 기쁨 가득한 순결한 낙원은,
벌써 인도보다, 중국보다 더 멀어졌는가?
구슬픈 소리 질러 다시 불러올 수는,
은빛 목소리로 또 한 번 되살릴 수는 없는가?
은밀한 기쁨 가득한 순결한 낙원을?

유령

야수의 눈을 가진 천사들처럼,
나는 네 침소로 다시 돌아와
밤의 어둠을 틈타
소리 없이 네 곁에 스며들어선,

네게 주리라, 갈색 여인아,
달빛과 같은 싸늘한 입맞춤을,
묘혈의 둘레를 기어다니는
뱀의 애무를.

희붐한 아침이 올 때면,
너는 내 빈자리를 볼 터인데,
저녁까지 그 자리 싸늘하리라.

남들이 애정으로 휘어잡듯이,
너의 목숨과 너의 젊음에,
나는, 나는 공포로 군림하리라.

가을의 소네트

내게 말한다, 수정처럼 맑은 너의 눈이:
"너는, 이상한 애인아, 내가 도대체 어디가 좋아?"
— 예쁘기만 하고 입을 다물어라! 내 마음은
옛날 짐승들의 순진함을 빼놓고는 모든 것에 화가 나,

너에게 보여주려 하지 않는구나, 지옥 같은 제 비밀도,
손을 흔들어 긴 잠으로 나를 부르는 여인아,
불꽃으로 써진 제 암흑의 전설도.
나는 열정을 싫어하고 재치는 나를 괴롭힌다!

그냥 우리 조용히 사랑하자. 음흉한 사랑은
제 피난처에 몰래 숨어 치명적인 화살을 당긴다.
나는 그의 무기를 안다. 그 낡은 병기고에 있는 것은:

죄악, 공포 그리고 광기! — 오, 파리한 마르그리트 꽃!
너도 나처럼 가을 해가 아닌가,
오, 이리도 하얀, 이리도 쌀쌀한 내 마르그리트야!

달의 슬픔

오늘 저녁, 한결 더 게으르게 달은 꿈꾼다,
많기도 한 보료 위에서, 얼빠진 가벼운 손으로,
잠들기 전에 젖가슴 언저리를
어루만지는 아름다운 여인과도 같이.

부드러운 눈사태 일어나 비단 같은 등을 기대고
죽어갈 듯 길고 긴 기절에 달은 몸을 맡기고,
꽃피듯 푸른 하늘로 솟아오르는
하얀 환영들을 두 눈으로 더듬는다.

때로는 한가롭고 나른하다못해, 이 지구에,
슬그머니 눈물 한 방울 흘려보내면,
잠과 원수지고 사는, 경건한 시인 하나 있어,

오팔 조각처럼 무지갯빛 어른거리는,
이 파리한 눈물을 오목한 그 손바닥에 받아,
해의 눈 못 미치는 제 가슴에 간직한다.

고양이들

열렬한 애인들도 근엄한 학자들도,
원숙한 나이에 들면, 하나같이 사랑한다,
집안의 자랑, 강하고 부드러운 고양이들을,
자기들처럼 추위를 타고 자기들처럼 방안에 처박히는.

학문과 쾌락의 친구인
녀석들은 어둠의 정적과 공포를 탐구한다.
에레보스라면 녀석들을 상여 끄는 말로도 부렸으리,
그 자존심을 예속에 꿇릴 수만 있다면.

몽상에 잠기며 다듬는 그 고결한 자태는,
인적 없는 황무지 한복판에 드러누워.
끝없는 꿈속에 잠드는 듯한 저 우람한 스핑크스.

풍만한 허리에는 마술의 불꽃 가득하고,
가는 모래알 같은 금 조각들이
그 신비로운 눈동자에 어렴풋이 별을 뿌린다.

부엉이들

품 너른 검은 주목 아래,
이방의 신들처럼,
부엉이들 줄지어 앉아,
붉은 눈 쏘아본다. 그들은 사색한다.

그들은 꼼짝 않고 자리를 지키리라,
기울어진 해를 밀어내고,
암흑이 자리잡을
저 우울한 시간이 올 때까지.

그들의 몸가짐은 현자에게 가르친다,
이 세상에서 두려워해야 할 것은
소란과 운동이라고,

지나가는 그림자에 취한 사람은
두고두고 벌을 받는다고,
자리를 바꾸려 했던 죄로.

파이프

나는 어느 작가의 파이프랍니다.
아비시니아나 카프라리아의 여자와 같은
내 얼굴 들여다보면,
우리 주인 골초인 걸 알 수 있지요.

그의 고뇌가 막심하면,
나는 연기를 뿜지요,
일하고 돌아오는 농부를 위해
저녁밥을 준비하는 초가집처럼

그의 넋을 얼싸안아 흔들어주지요,
불타는 내 입에서 피어올라
한들거리는 파란 그물 속에.

그리곤 강한 방아 향기 돌게 하여
그의 마음을 매혹하고 고달픈 그 정신
피곤에서 풀어주지요.

음악

음악은 자주 나를 바다처럼 사로잡는다!
　　　　파리한 내 별을 향하여,
안개의 궁릉 아래로 또는 망망한 에테르 속으로,
　　　　나는 돛을 올린다.

바람 가득한 돛처럼 가슴을 내밀고
　　　　허파를 부풀리고,
밤의 어둠에 가려진 층층 물결의 등을
　　　　타고 나는 오른다,

나는 느낀다, 괴로워하는 배의 온갖 정열이
　　　　내 안에서 떨고 있고,
순풍, 그리고 태풍과 그 격동이 나를 흔든다,

　　　　가없는 심연 위에.
또 어느 때는 잔잔한 해면, 내 절망의
　　　　크고 큰 거울!

무덤

무겁고 암담한 밤에
어느 착한 기독교도가, 자비심으로,
오래된 폐허의 잔해 뒤에
칭찬받던 그대 몸 묻어준다면,

정결한 별들이
무거워지는 눈을 감고,
거미가 줄을 치고,
독사가 새끼를 낳는 시간마다,

일 년 사시 그대는 들으리라,
벌받는 그대의 머리 위로 파고드는
이리떼와 굶주린 마녀들의

구슬픈 울음소리,
색골 늙은이들의 희롱과
속 검은 사기꾼들의 음모를.

환상적인 판화

이 야릇한 유령, 몸단장이라고는 고작
제 해골의 이마 위에 기이하게 설치된
왕관 하나, 사육제 냄새 나는 끔찍한.
박차도 채찍도 없이 말 한 마리 숨가쁘게 몰아간다,
저와 같은 환상의 말, 묵시록의 늙다리 말,
간질이라도 걸린듯이 콧구멍으로 거품을 낸다.
둘이 함께 허공을 질러 내달리며,
무모한 발굽으로 무한을 짓밟는다.
제 말이 짓바수는 이름 없는 군중 위에
번뜩이는 장검 한 자루 내두르며,
제 전각 둘러보는 왕처럼, 기수가 종횡무진 휘젓는 것은,
희고 여린 태양의 희미한 빛 아래,
고금 역사의 인민들 누워 있는,
아득하고 차가운, 지평선도 보이지 않는 묘지.

즐거운 망자

달팽이 그득한 기름진 땅에,
내 늙은 뼈 실컷 눕혀놓아도 좋을
깊은 구멍 하나 내 손으로 파서,
파도 속에 상어 잠들듯 망각 속에 잠들고 싶다.

나는 유언도 싫고 나는 무덤도 싫으니,
세상 사람들의 눈물을 빌기보다는 차라리
살아서, 까마귀떼 불러들여, 너절한 내 해골
마디마디 피 흘리게 하는 것이 더 좋겠다.

오 구더기여! 귀도 없고 눈도 없는 검은 친구들이여,
보라, 자유롭고 즐거운 죽음 하나 너희들을 찾아왔다,
방탕한 철학자들아, 부패의 자식들아,

내 폐허를 거리낌없이 파들어가서,
혼도 없이 주검들 사이에 죽어 있는 이 늙은 몸에
무슨 고통이 아직도 남아 있는지 말해다오!

증오의 물통

증오는 파리한 다나이데스의 물통,
광란하는 복수가 그 붉고 억센 팔로
죽은 자들의 피와 눈물을 큰 동이마다 가득 채워
제 빈 암흑 속에 퍼붓고 또 퍼부어도 소용없다.

악마가 그 심연에 남모르는 구멍을 뚫어놓아,
땀과 노력의 천년 세월이 그리 빠져나간다,
복수가 제아무리 희생자들을 소생시키고
저들의 몸을 되살려 그 즙을 짜낼 수 있다 할지라도.

증오는 술집 구석의 취객,
술에서 갈증이 마냥 새로 태어나
레르나의 히드라처럼 새끼를 치는 것만 같다.

—그러나 술꾼들은 다행히 정복자를 알아 모시지만,
증오 앞에 떨어진 애처로운 운명은
결코 탁자 아래 쓰러져 잠들 수도 없다는 것.

금간 종

쓰라리고도 감미롭다, 겨울밤에,
파닥거리며 연기 피어오르는 난롯가에서,
안개에 싸여 노래하는 차임벨 소리 따라
서서히 솟아오르는 먼 추억을 듣는 것은.

행복하여라 목청도 기운찬 종은,
늙은 나이에도 기민하고 튼튼하여,
신앙의 외침 성실하게 내던지니,
군막 아래서 불침번 서는 노병과 같구나!

그런데 나는, 내 넋은 금이 갔다, 권태에 붙잡혀,
차가운 밤공기를 제 노래로 가득 채우려 하나,
그 목소리 맥이 빠질 때가 잦아,

피의 호숫가, 시체의 산더미 아래,
무진한 애를 써도 꼼짝없이 죽어가는
잊힌 부상병의 거친 헐떡임만 같구나.

우울

장맛달이 온 도시에 화를 내며
항아리째 주룩주룩 퍼붓는다, 이웃 묘지의
핏기 잃은 주민들에겐 컴컴한 추위를,
안개 자욱한 교외 위엔 죽음의 운명을.

내 고양이는 타일 바닥에서 깔개를 찾으며
옴 오른 여윈 몸을 쉬지 않고 흔들고,
늙은 시인의 혼은 홈통 속을 헤매며
추위 타는 유령의 구슬픈 목소리 내지른다.

대종(大鐘)은 통곡하고, 연기 나는 장작불은
감기 든 괘종 소리에 가성을 질러 반주하는데,
더러운 냄새 가득한 트럼프 한 벌,

수종에 걸려 죽은 저 노파의 유산 속에서,
멋쟁이 하트 잭과 스페이드의 퀸이
죽어버린 사랑을 불길하게 속삭인다.

우울

나는 천년을 산 것보다 더 많은 추억을 지니고 있다.

계산서, 시 원고, 연애편지, 소송서류,
사랑 노래에, 영수증에 감긴 무거운 머리털이
이 서랍 저 서랍 가득한 육중한 장롱도
내 슬픈 두뇌만큼 많은 비밀을 감추진 않았다.
그것은 피라미드, 무변한 지하 납골당,
공동 묘혈보다 더 많은 주검을 끌어안고 있다.
— 나는 달이 찾아들길 꺼려하는 묘지,
긴 구더기들 회한처럼 기어다니며,
내 가장 소중한 주검들에 늘 악착스레 들러붙는다.
나는 오래된 도장방, 시든 장미 가득하고,
세월 지난 유행복들 뒤죽박죽 너부러졌고,
탄식하는 파스텔화와 색 바랜 부셰의 그림이
외로이, 마개 빠진 향수병의 냄새를 마시고 있다.

다리 저는 나날보다 더 긴 것은 없으니,
눈 내리는 연년의 무거운 눈덩이 아래서
침울한 무관심의 열매, 권태가
그때 불멸의 크기를 얻는다.

— 이제 너는 다만, 오 살아 있는 물질이여!
막연한 공포에 둘러싸여, 안개 낀 사하라의
오지에서 졸고 있는 한 덩어리 화강암,
무심한 세상이 무시하고, 지도에서도 잊힌,
늙은 스핑크스, 그 사나운 성질은 오직
저물어가는 해의 햇살에만 노래한다.

우울

나는 비 오는 나라의 임금과 같구나,
부유하지만 무력하고, 젊으면서도 늙어빠진 왕,
스승들의 아첨을 거들떠보지 않고,
개에도 다른 짐승에도 싫증을 낸다.
어느 것도 그를 즐겁게 할 수 없다, 사냥감도, 매도,
발코니 앞에서 죽어가는 백성들도.
총애하는 어릿광대의 우스꽝스러운 발라드가
이 잔인한 환자의 이맛살 펴주지 못하니,
백합꽃 무늬 새겨진 그의 침대는 무덤으로 바뀌고,
군주라면 모두 미남으로 보이는 치장 담당 시녀들도
이 젊은 해골에게서 미소 한 자락 끌어낼
음란한 차림새를 더는 찾아내지 못한다.
그에게 황금을 만들어주는 학자가
그의 존재에서 썩은 독소 뽑아낼 수 없었으며,
권력자들이 늙은 날에 다시 떠올리는,
저 로마인들에게서 전해진 피의 목욕으로도,
그는 피 대신 레테의 푸른 강물이 흐르는
이 마비된 송장을 다시 데울 수 없었다.

우울

낮고 무거운 하늘이 뚜껑처럼
오랜 권태에 사로잡혀 신음하는 정신을 억누르고,
지평선의 둥근 테를 빈틈없이 조이며
밤보다 더 음침한 검은 햇빛을 우리에게 쏟을 때,

지상이 습기 찬 토굴로 바뀌어,
희망이, 한 마리 박쥐처럼,
겁먹은 날개로 담벼락을 치고
썩은 천장에 대가리를 박으며 날아갈 때,

비가 그 거대한 빗줄기들을 펼쳐
광대한 감옥의 창살을 흉내내고,
더러운 거미의 말없는 무리가 들어와
우리의 뇌수 안쪽에 그물을 칠 때,

갑자기 종들이 맹렬하게 뛰쳐나와
하늘을 향해 무서운 아우성을 내지른다,
고집스럽게 푸념을 늘어놓으며
조국도 없이 떠도는 망령들처럼.

─그리고 북도 음악도 없는 긴 영구차 행렬이
내 넋 속에 느릿느릿 줄지어 가고, 희망은
꺾이어 눈물 흘리고, 잔인하고 횡포한 고뇌가
수그러진 내 두개골에 검은 기를 꽂는다.

망상

거대한 숲이여, 너희는 대성당처럼 나를 두렵게 한다.
너희는 오르간처럼 울부짖고, 저주받은 내 가슴속,
오랜 헐떡임 전율하는 이 영원한 애도의 방에서는,
너희네 데 프로푼디스의 메아리만 대답한다.

너를 증오한다, 대양이여! 네 날뜀과 네 소음을
내 정신은 저에게서도 다시 찾아내니, 패배당한
인간의 오열과 모욕 가득한 쓰라린 웃음이
바다의 홍소(哄笑)를 타고 들려온다.

너를 정말 좋아했으련만, 오 밤이여! 그 빛으로
늘 듣던 말 속삭여주는 저 별만 없다면!
내가 찾는 것은 빈 것, 어두운 것, 벌거벗은 것이기에!

그러나 어둠까지도 그 자체가 화폭,
눈매도 정다운 저 사라진 존재들이, 살고 있다,
수천 개씩 내 눈에서 솟아나.

허무의 맛

침울한 정신아, 예전에는 싸움을 좋아했지,
희망이 박차를 차며 네 정열에 불을 붙이더니,
이젠 네게 올라타려고도 하지 않는구나! 부끄러워 말고
　드러누워라,
장애물마다 발에 걸리는 이 늙은 말아.

체념해라, 내 마음아, 짐승의 잠을 자거라.

패잔의 정신아, 발병이 났구나! 늙은 도둑, 너에겐
사랑도 이제 맛을 잃었고, 다툼도 그 모양이다,
그럼 잘 가라, 나팔의 노래도 피리의 한숨도!
쾌락들아, 침울하고 토라진 마음을 더는 유혹하지 말라!

사랑스러운 봄이 그 향기를 잃었다!

그리고 시간이 일분 일분 나를 삼킨다,
끝없는 눈이 강직증에 걸린 몸을 삼키듯.
하늘 높은 곳에서 모양도 둥근 지구를 살펴봐도
오막살이 피난처 하나 보이지 않는다.

눈사태야, 너의 추락에 나를 쓸어 담아가고 싶으냐?

고뇌의 연금술

어떤 사람은 제 정열로 너를 밝게 하고,
다른 사람은 너에게 제 슬픔을 묻어둔다, 자연이여!
어떤 사람에게는 무덤!이라 말하더니
다른 사람에게는 삶이요 빛!이라 하네.

나를 도우면서 언제나 나를 윽박지르던
알 수 없는 헤르메스여,
그대는 나를 가장 슬픈 연금사
미다스의 맞수로 만들지.

그대의 힘으로 나는 금을 쇠로 바꾸고
천국을 지옥으로 바꾸지.
구름의 수의 속에서

나는 귀중한 시체 한 구를 찾아내어,
하늘 기슭에
거대한 석관을 짓는다.

감응 공포

네 운명처럼 파란만장한
저 납빛 변덕스러운 하늘에서
네 빈 마음속으로 어떤 생각이
내려오는가? 대답하라, 무신앙자여!

— 모호한 것 불확실한 것을
억제할 길 없이 갈망하는 나는
로마의 낙원에서 쫓겨난 오비디우스처럼
푸념에 빠지진 않으리라.

모래밭처럼 찢어진 하늘이여,
그대 안에 내 오만함을 비추니,
상복을 두른 저 막막한 먹구름은

내 꿈을 실어가는 영구차,
그대의 어슴푸레한 빛은
내 마음 기꺼이 깃드는 지옥의 반사광.

저 자신을 벌하는 사람

J. G. F. 에게

너를 후려치리라, 분노도 없이
증오도 없이, 백정처럼,
모세가 바위를 치듯이!
그리하여 네 눈까풀에서,

내 사하라사막을 적실
고뇌의 물을 솟구쳐 올리리라.
희망에 부푼 내 욕망은
소금기 어린 네 눈물 위에서 헤엄칠 것이니,

난바다로 나가는 배와 같고,
물리도록 눈물을 마실 내 가슴속에선
돌격의 북소리처럼
네 귀중한 흐느낌이 울려퍼지리라!

나는 거룩한 교향곡 속에
잘못 섞여든 불협화음이 아닐까,
나를 뒤흔들고 깨물어 뜯는
탐식의 아이러니 덕분에?

내 목소리 속에 있구나, 저 찢어지는 소리가!
모두 내 피로구나, 이 검은 독은!
나는 악녀가
제 얼굴 바라보는 위험한 거울.

나는 상처이자 칼!
나는 뺨 때리기이자 뺨!
나는 사지이자 바퀴이며,
사형수이자 사형집행인!

나는 내 심장의 흡혈귀,
— 영원한 웃음의 벌을 받고도,
더는 미소 짓지 못하는,
저 버림받은 위인들 가운데 하나!

치유할 수 없는 것

I

이데아 하나, 형상 하나, 존재 하나,
하늘빛에서 나와서 떨어진 자리는
천국의 눈길 한 번 스미지 않는
수렁 깊은 납빛의 어느 스틱스,

무모한 나그네, 천사 하나,
그리도 기형을 사랑한 나머지,
거창한 악몽의 밑바닥에서
헤엄치는 사람처럼 발버둥치며,

엄청난 소용돌이에
맞서 싸우며, 불길한 고뇌여!
미치광이처럼 사뭇 노래하며
깊은 암흑 속에서 돌고 또 돌고,

마법에 걸린 불운아 하나,
파충류 우글대는 자리 벗어나려고,
헛되이 더듬더듬
빛과 열쇠를 찾고,

영벌 받은 사내 하나, 등불도 없이,
질척한 깊이를 그 냄새로 가늠하게 하는
어느 나락의 언저리에서,
난간도 없는 끝없는 층층다리 내려갈 때,

저 끈적끈적한 괴물들이 망을 보며
그 인광 번쩍거리는 커다란 눈으로
밤을 더욱 어둡게 하여
그 눈밖엔 보이는 것이 없는데,

수정 허방다리에 빠진 듯
극지의 얼음 속에 갇히어,
어떤 숙명의 해협에서 이 감옥에
떨어졌는지 알아내려고 애쓰는 배 한 척,

―치유할 수 없는 어떤 운명의
뚜렷한 상징화들, 완벽한 화폭,
악마는 항상 제가 하는 일이면 무엇이나
빈틈없이 해낸다는 생각을 또 하게 되네!

II

저 자신의 거울이 된 마음이란
어둡고도 투명한 대면!
파리한 별 하나 떨고 있는
맑고도 검은 진리의 우물,

지옥의 아이로니컬한 등대 하나,
악마의 은총이 타오르는 횃불,
단 하나의 위안이자 영광,
―악 속에서의 자각!

시 계

시계! 불길한, 무서운, 냉정한 귀신,
그 손가락이 우리를 으르대며 말한다: "잊지 말라!
바르르 떠는 고뇌가 두려움 가득한 네 가슴에
머지않아 과녁에 꽂히듯 꽂힐 것이고,

안개 같은 쾌락은 공기의 요정이 무대 안쪽으로
사라지듯 지평선을 향해 멀어지리라,
순간순간은 누구에게나 계절마다 주어진 환희를
한 조각씩 네게서 앗아 집어삼킨다.

한 시간에 삼천육백 번, 초는
속삭인다: 잊지 말라! —그 벌레 같은 목소리로,
재빨리, 지금은 말한다: 나는 옛날이다,
내 더러운 대롱으로 네 목숨을 빨아올렸다!

리멤버! 수비앵투아! 이 낭비자야! 에스토메모르!
(내 금속 목청은 온갖 언어로 말한다.)
경박한 인생이여, 일분 일분은 모암(母巖),
금을 추려 내기 전에는 그 모암 버리지 말라!

잊지 말아라, 시간은 굶주린 노름꾼,
속임수도 쓰지 않고 판판이 이긴다는 걸! 그것은 철칙.
낮은 줄어들고 밤은 늘어난다, 잊지 말라!
심연은 항상 목이 마르고, 물시계는 비어간다.

머지않아 종소리 시간을 알릴 것이니, 거룩한 우연도,
아직 처녀인 네 아내, 존엄한 미덕도,
그리고 회한마저도(오! 마지막 여인숙!),
저마다 너에게 말하리라: 죽어라, 늙은 비겁자야! 너무
　늦었다!"

파리 풍경

풍경

내 목가를 정갈하게 짓기 위해,
점성술사들처럼 나 하늘 가까이 누워,
종루의 이웃에서, 바람에 실려오는
그 장엄한 성가를 꿈꾸며 들으리라.
두 손으로 턱을 괴고, 내 다락방 높은 곳에서
나는 바라보리라, 노래하고 잡담하는 작업장을,
굴뚝을, 종루를, 저 도시의 돛대들을,
그리고 영원을 꿈꾸게 하는 저 크나큰 하늘을.

안개 속으로 보면 즐겁다,
창공에 별이, 창문에 등불이 태어나고,
석탄의 강물이 하늘로 솟아오르고,
달이 그 파리한 마력을 쏟아붓는다.
나는 무수한 봄을, 여름을, 가을을 보리라.
그리고 단조롭게 눈 내리는 겨울이 오면,
방안의 창문마다 커튼과 겉창을 닫고
밤의 어둠 속에 마경의 궁전을 세우리라.
그때에 나는 푸르스름한 지평선과,
정원과, 대리석 석상들을 타고 눈물 흘리는 분수들,
입맞춤, 아침저녁 노래하는 새들과,

목가에 담긴 가장 천진난만한 것들의 꿈을 꾸겠지.

소요가, 그 폭풍 내 유리창에 휘몰아쳐도 헛된 일,

책상에 숙인 내 이마 들어올리지는 못하리라.

나는 내 쾌락에 잠기어,

의지로 봄을 불러일으키고,

가슴속에서 태양을 끌어내어,

불타오르는 생각들로 따사로운 대기를 만들어낼 것이기에.

태양

비밀스러운 음란의 가림막, 겉창들이
누옥마다 걸려 있는, 낡은 성밖 길 따라,
거리와 들판에, 지붕과 밀밭에,
사나운 태양이 화살을 두 배로 쏘아댈 때,
나는 홀로 환상의 칼싸움을 연습하러 간다,
거리 구석구석에서마다 각운의 우연을 냄새 맡으며,
포석에 걸리듯 말에 비틀거리며,
때로는 오랫동안 꿈꾸던 시구와 맞닥뜨리며.

젖 주시는 아버지, 저 위황병(萎黄病)의 천적은
들판에서 장미를 깨우듯 시구를 깨우고,
이런저런 근심을 하늘로 날려보내고,
뇌수와 벌집을 꿀로 채운다.
목발 짚은 사람들 다시 젊게 하여
소녀처럼 즐겁고 다정하게 웃게 하는 것도,
언제나 꽃피고 싶은 불멸의 가슴에서
자라라 익어라 오곡백과에 명하시는 것도 그 어른!

한 사람 시인처럼, 그 어른이 거리에 내릴 때면,
더없이 비천한 것들의 운명까지도 귀하게 하고,
소리도 없이 시종도 없이 왕처럼 듭신다,
어느 병원이건, 어느 궁궐이건.

어느 빨강 머리 여자 거지 아이에게

빨강 머리 흰 살결 소녀야,
네 옷은 그 뚫린 구멍으로
가난과 아름다움을 함께
　　　보여주는구나.

보잘것없는 시인, 나에게는
주근깨 한가득한
네 허약한 어린 몸이
　　　다정도 하구나.

소설의 여왕이 신은
비로드 반장화보다 더 멋지게
너는 무거운 나막신을
　　　신었구나.

너무도 깡총한 누더기 대신,
화사한 궁정복
그 살랑거리는 긴 옷자락이
　　　네 발꿈치에 끌린다면,

구멍 뚫린 양말 말고,
난봉꾼의 눈요깃감으로
네 다리 위에 황금 단검이
　　　　또한 반짝인다면,

매다 만 옷 매듭이
우리들의 죗값으로, 두 눈처럼
반짝이는 네 아름다운 두 젖가슴
　　　　드러내보인다면,

옷이 벗겨질 때는
너의 두 팔 녹록지 않게 버티고
희롱하는 손가락 대차게
　　　　뿌리친다면,

가장 물좋은 진주,
벨로 선생이나 짓는 소네트를,
사슬에 묶인 멋쟁이들이
　　　　끊임없이 헌정하고,

시 짓는 하인배들이
만물 시집을 네게 바치며
네 발의 구두를 계단 아래서
　　　　응시하고,

우연에 몰두하는 숱한 시동,
숱한 영주와 숱한 롱사르가
산뜻한 네 골방을 재미 삼아
　　　　엿보련만!

백합보다 더 많은 입맞춤을
너는 침대 속에서 헤아리고,
발루아의 임금들 여럿을
　　　　네 율법 아래 세우련만!

—그렇지만 너는 내내
네거리 베푸르의 문전에 널린
한줌 낡은 음식 쓰레기를
　　　　구걸하고 다닌다.

이십구 수짜리 보석을
곁눈질하며 너는 가지만,
나는 그것을, 오! 미안하다!
　　　선물할 수 없구나.

가거라, 어쩔 수 없다, 향수도,
진주도, 금강석도 없이,
네 여윈 나체밖에는 다른 치장도 없이,
　　　오 나의 미녀야!

89

백조

빅토르 위고에게

I

안드로마케여, 나는 그대를 생각한다! 그 작은 강,
그대 과부의 고뇌에 담긴 끝 모를 장엄함이 비쳐
옛날 찬란하게 빛나던 가엾고 슬픈 거울,
그대의 눈물로 불어난 그 가짜 시모이스강은,

내가 저 새로 난 카루젤광장을 지나갈 때,
문득 내 풍요로운 기억력을 기름지게 해주었다.
옛 파리의 모습은 이제 간 곳 없구나(도시의 모양은
아! 사람의 마음보다 더 빨리 변하는구나).

저 진을 쳤던 바라크들, 설 깎은 대들보와 둥근 기둥들,
잡초들, 웅덩이의 물때 올라 퍼레진 육중한 돌덩이들,
유리창에 어지럽게 번쩍이던 골동품들을
이제는 모두 내 마음속에만 볼 수 있다.

거기에는 예전에 동물 진열창이 늘어서 있었다.
거기에서 나는 보았다, 싸늘하고 맑은 하늘 아래
노동이 잠을 깨고, 고요한 허공에 쓰레기터가
검은 연기를 내뿜는 어느 아침에,

제 새장에서 벗어난 백조 한 마리,
바싹 마른 포도를 그 물갈퀴 발로 문지르며
울퉁불퉁한 땅바닥 위에 그 하얀 깃을 끌고 있었다.
물 없는 도랑가에서 날짐승은 부리를 열고

먼지 속에 짜증스레 날개를 미역 감으며,
아름답던 고향 호수 가슴속에 가득 안고, 하는 말이,
"물아, 언제 너는 비 되어 내리려나? 너는 언제 울리려나,
　우뢰야?"
나는 괴이하고 숙명적인 신화, 이 불행한 짐승이,

이따금, 오비디우스의 인간처럼, 하늘을 향해,
잔인하게도 새파란 빛으로 빈정거리는 하늘을 향해,
경련하는 목 위에 허기진 머리를 쳐들고 있는 꼴을 보았으니,
마치 신에게 원망이라도 퍼붓는 것만 같더라!

II

파리는 변한다! 그러나 내 우울 속에선 어느 것 하나
움직이는 것이 없구나! 새 궁전도, 비계다리도, 돌덩이도,
낡은 성문 밖 거리도, 모두가 내게는 알레고리가 되고,
내 절절한 추억은 바위보다도 더 무겁다.

그리하여 이 루브르궁전 앞에서 심상 하나가 나를 짓누른다.
나는 생각한다, 나의 저 큰 백조를, 미친듯이 몸부림하는,
추방당한 사람들처럼, 우스꽝스러우면서도 기개 높은,
쉴새없이 욕망에 시달리는 몰골을! 그리고 그대를,

안드로마케여, 위대한 낭군의 팔에서,
천한 가축처럼, 거만한 피루스의 손에 떨어져,
빈 무덤 곁에서 넋을 잃고 고개를 숙인 그대를,
헥토르의 과부여, 아아! 헬레노스의 아내여!

나는 생각한다, 여윈 몸에 폐병이 든 저 흑인 여자를,
진창에서 철떡거리며, 퀭한 눈으로,
막막한 안개의 벽 저 너머로 장려한 아프리카의
야자수 숲을 찾고 있던 그 몰골을,

누구라도 다시는, 다시는! 되찾지 못할 것을
잃어버린 모든 사람을! 눈물을 마시고
어진 이리의 젖을 빨듯, 고뇌의 젖을 빠는 사람을!
꽃처럼 시들어가는 말라빠진 고아를!

이렇게 내 정신이 추방자로 살아가는 숲속에서
낡은 추억 하나가 숨이 끊어지게 뿔피리를 불어댄다!
나는 생각한다, 어느 섬에 잊힌 채 버려진 뱃사람들을,
포로들을, 패배자들을!⋯⋯또 그 밖에도 많은 사람들을!

90

일곱 늙은이

빅토르 위고에게

우글거리는 도시, 몽환으로 가득찬 도시,
한낮에도 허깨비가 행인에게 달라붙는다!
이 억센 거인의 좁은 대롱을 타고,
어디서나 신비가 수액인 양 흐른다.

어느 아침, 음산한 거리에서
안개가 집들의 높이를 늘여,
물 불어난 강물의 양 둑처럼 보일 때,
배우의 혼을 닮은 무대배경,

더럽고 누런 는개가 공간에 넘쳐흐를 때,
나는 주역처럼 신경을 빳빳이 세우고
벌써 지친 내 혼과 따지면서, 육중한 짐마차에
흔들리는 성문 밖 거리를 따라가고 있었다.

난데없이, 늙은이 하나, 그 누런 누더기가
우중충한 저 하늘의 색깔을 흉내내고,
그 두 눈 속에 사악함만 없었다면,
적선이 빗발치듯 쏟아졌을 몰골로,

내 앞에 나타났다. 담즙 속에 담근 눈동자라
해야 하나, 그 눈초리는 서릿발을 더욱 날카롭게 하고,
길게 늘어진 그의 수염, 칼처럼 빳빳해서,
뻗쳐나온 그 꼴이 유다의 수염과 방불했다.

꼬부라진 게 아니라, 꺾이어졌다, 그의 등뼈,
다리와 어울려 완전한 직각 하나를 만드니,
이제 지팡이가 그 풍채를 완성하려고,
불구의 네발짐승 혹은 세 발 유태인의

매무새에 위태위태한 걸음걸이를 그에게 장치했다.
눈과 진흙 속에 발목이 빠지며 그는 가고 있었다,
헌신짝 아래 주검을 짓밟기라도 하는 듯이,
세상에 무관심하기보다는 차라리 적대하며.

똑같은 허울이 그 뒤를 따랐다. 수염, 눈, 등, 지팡이, 넝마,
무엇 하나 구별되지 않았다, 똑같은 지옥에서 나온
이 백 살 먹은 쌍둥이는. 그리고 이 바로크풍 유령들은
똑같은 걸음걸이로 알 수 없는 목적지로 걸어가고 있었다.

아니 내가 무슨 추악한 음모의 대상이 되어 있었던가,
아니면 무슨 사악한 우연이 나를 욕보이고 있었던가!
나는 일곱 번을 헤아렸다, 일분마다 하나씩,
늘어나고 늘어나는 이 음산한 늙은이를!

그대가 누구이건 내 불안을 비웃으며,
나와 똑같은 전율에 사로잡히지 않는 자여,
생각해보라, 그토록 늙어빠졌건만,
그 추악한 일곱 괴물이 불멸의 얼굴을 지녔다는 걸!

내가 여덟째를 죽지 않고 바라볼 수 있었을까,
냉혹하고, 빈정거리고, 치명적인 쌍둥이를,
저 자신의 아들이자 아비인 메스꺼운 불사조를?
— 그러나 나는 그 지옥 행렬에 등을 돌렸다.

하나를 둘로 보는 주정꾼처럼 격분해서,
나는 집에 돌아왔다, 문을 닫았다, 겁에 질리고,
병들고 맥이 풀려서. 정신이 열에 들뜨고 혼미해져서,
신비와 어처구니없음에 상처를 입고!

헛되이 내 이성은 키를 잡으려 하나,
폭풍이 장난치며 그 노력을 훼방하고,
내 혼은 춤을 추고, 춤을 췄다. 돛도 없는
낡은 거룻배, 끝도 가도 없는 괴이한 바다 위에서!

91

키 작은 노파들

빅토르 위고에게

I

늙은 수도의 구불구불한 주름 속,
모든 것이, 공포마저도 매혹으로 변하는데,
나는 내 타고난 성미에 못 이겨 숨어 기다린다,
늙어빠져서도 매력 있는, 기이한 생명들을.

이 우그러진 괴물들도 옛날에는 여자였다,
에포닌이거나 라이스였다! 허리 꺾인, 곱사등이 된,
혹은 뒤틀린 이 괴물들을 사랑하자! 아직은 생령들이다.
구멍 뚫린 치마를 걸치고 차가운 입성을 걸치고

괴물들은 기어간다, 불공평한 북풍의 매를 맞으며,
합승마차들 굴러가는 굉음에 몸을 떨며,
꽃이니 수수께끼 그림이니 수놓은 손가방을 하나씩
성자의 유물이라도 모시듯 옆구리에 눌러 끼고,

영락없는 꼭두각시, 그들은 잔걸음 치며,
상처 입은 짐승이 그렇듯 몸뚱이를 끌며,
혹은, 추고 싶지도 않은 춤을 추니, 무자비한
마귀가 매달린 가련한 방울의 신세! 몸은 비록

망가졌어도, 그 눈은 송곳처럼 꿰뚫으며,
한밤의 물 고인 웅덩이처럼 번들거리니,
반짝이는 것에는 어느 것에나 놀라 웃어대는
소녀의 거룩한 눈을 그들은 지녔다.

—그대는 눈여겨본 적 있는가, 수많은 노파들의 관이
거의 어린애의 관만큼이나 작다는 것을?
유식한 죽음은 고만고만한 관 속에
괴이하고 흥미로운 취향으로 상징을 하나씩 담아두기에,

우글거리는 파리의 화폭을 가로지르는
가냘픈 허깨비 하나를 볼 때마다,
나는 그 허약한 생명이 새로운 요람을 향해
가만가만 걸어가는 것이 아닌가 싶기도 하고,

기하학을 생각하며, 계산도 해본다,
팔다리의 모습이 저리도 어그러졌으니,
이 모든 몸뚱이가 담길 관의 모양을
목수는 몇 번이나 바꿔야 할지.

— 이들 눈은 백만 방울 눈물로 이뤄진 우물,
식어버린 쇠붙이가 반짝이는 도가니……
이들 신비로운 눈은 벗어날 수 없는 매력을 지녔다,
엄혹한 불운의 젖을 빨았던 자에게라면!

II

사라진 프라스카티의 사랑에 들뜬 베스타 무녀,
아 가엾다, 탈리의 여사제, 그 이름을 알 만한
프롬프터는 땅에 묻혔고, 일찍이 티볼리가
그 꽃그늘에 숨겨주던 이름난 바람둥이,

그 모든 여자들에 나는 취한다. 그러나 이 연약한
존재들 중에는, 고통으로 꿀을 빚어 내며, 자기들에게
날개를 빌려준 헌신에게 이렇게 말한 여자들도 있다,
억센 히포그리프야, 나를 하늘까지 실어가다오!

어느 여자는 조국 때문에 불행에 시달리고,
다른 여자는 남편이 고통을 지워주고,
또다른 여자는 자식 때문에 꿰뚫려 마돈나가 되고,
그 모든 여자들은 눈물로 강이라도 이루었으리!

III

아! 나는 이 키 작은 노파들의 뒤를 얼마나 쫓았던가?
그 가운데 하나는, 떨어지는 태양이
주홍빛 상처로 하늘에 핏물을 들이는 시간에,
생각에 잠겨, 벤치에 외따로 떨어져 앉아,

군인들이 이따금 우리의 공원에 넘치게 쏟아놓는,
기운들이 되살아나는 것만 같은 금빛 황혼에
얼마큼의 영웅심을 시민들의 가슴에 들이붓는,
풍요로운 브라스밴드의 연주를 듣고 있었다.

여전히 꼿꼿하고 당당하고 규율이 몸에 밴 그녀,
생생한 전투의 노래를 허기진 듯 들이마실 때,
그 눈은 때때로 늙은 독수리의 눈처럼 열리고,
그 대리석 이마는 월계관을 쓰려고 만들어진 듯하였다!

VI

그렇게 당신들은 나아간다, 의연하게 불평도 없이,
번화로운 도시의 혼돈을 헤치며.
가슴에 피 흘리는 어머니들이여, 창녀들 또는 성녀들이여,
지난날 그 이름이 만인의 입에 회자되던 노파들이여.

우아함 그것이었던 당신들을, 영광 그것이었던 당신들을,
이제는 아무도 알아보지 못하네! 버릇없는 주정뱅이 하나
지나가다 허튼 희롱으로 당신들을 욕보이고,
비겁하고 상스러운 아이 하나 당신들의 뒤꿈치에서
　까불어 대네!

살아 있는 게 창피하여, 오그라진 그림자들,
겁먹고, 등을 구부리고, 당신들은 담벼락에 붙어 가고.
아무도 당신들에게 인사하지 않네, 얄궂은 신세들!
영원히 헐어빠진 인간 잔해들이여!

그러나 나는, 멀리서 다정하게 당신들을 살피며
걱정스러운 눈으로 위태로운 그 발걸음을 지켜보는 나는,
아주 당신들의 아버지나 되는 듯이, 오 신기해라!
당신들 모르게 은밀한 즐거움을 맛보네!

당신들의 풋풋한 열정이 피어나는 것을 보며,
어둡건 빛나건, 당신들이 잃어버린 세월을 내가 살고 있으면,
갈래를 친 내 마음이 당신들의 온갖 악덕을 즐기네!
내 넋이 당신들의 온갖 미덕으로 빛나네!

폐허여! 내 가족이여! 오 동류의 두뇌여!
나는 저녁마다 당신들에게 엄숙하게 작별을 고한다!
당신들은 내일 어디에 있을 것인가, 신의 무서운
손톱에 짓눌리는 팔순의 이브들이여!

장님들

저들을 살펴보라, 내 혼이여, 정말로 끔찍하다!
마네킹 같기도 하고, 무언지 모르게 우습고,
몽유병자처럼 무섭고 야릇하고,
어두운 눈알로 알 수 없는 곳을 쏘아 보고.

거룩한 불꽃 떠나버린 그들의 눈은,
먼 곳이라도 바라보듯, 사뭇 하늘로
들려 있어, 그들의 무거운 머리가 길바닥을 향해,
꿈꾸는 듯 숙어진 모습은 결코 본 적이 없다.

그들은 이렇게 끝없는 어둠을 건너간다,
저 영원한 침묵의 형제를. 오 도시여!
잔혹에 이를 때까지 환락에 취해, 우리를 에워싸고

네가 노래하고 웃고 울부짖는 동안,
보라! 나 또한 기어간다! 그러나 그들보다 더 얼이 빠져서
나는 묻는다: 무엇을 하늘에서 찾는가, 저 모든 장님들은?

지나가는 여인에게

거리는 나를 둘러싸고 귀가 멍멍하게 아우성치고 있었다.
갖춘 상복, 장중한 고통에 싸여, 후리후리하고 날씬한
여인이 지나갔다, 화사한 한쪽 손으로
꽃무늬 주름 장식 치맛자락을 살포시 들어 흔들며,

날렵하고 의젓하게, 조각 같은 그 다리로.
나는 마셨다, 얼빠진 사람처럼 경련하며,
태풍이 싹트는 창백한 하늘, 그녀의 눈에서,
얼을 빼는 감미로움과 애를 태우는 쾌락을.

한줄기 번갯불…… 그러고는 어둠! ─그 눈길로 홀연
나를 되살렸던, 종적 없는 미인이여,
영원에서밖에는 나는 그대를 다시 보지 못하련가?

저 세상에서, 아득히 먼! 너무 늦게! 아마도 영영!
그대 사라진 곳 내 모르고, 내 가는 곳 그대 알지 못하기에,
오 내가 사랑했었을 그대, 오 그것을 알고 있던 그대여!

밭 가는 해골

I

수많은 시체 더미 책들이
고대의 미라처럼 잠들어 있는
먼지투성이 저 강둑에
널브러진 인체해부도들,

주제는 비록 처량하나,
어느 늙은 화가의 근엄함과
박식함이 이들 데생에
아름다움을 담아놓아,

농부처럼 밭을 가는
저 신비로운 공포들이,
피부-없는-인체들과 해골들이,
한결 완벽하게 살아난다.

II

서글픈 체념의 촌놈들아,
너희들의 등뼈나 껍질 벗겨진
그 근육의 온갖 노역으로,
파서 일구는 그 땅으로부터,

말하라, 납골당에서 뽑혀온 죄수들아,
어떤 괴이한 추수를
끌어 낼 것이며, 어떤 농가의
광을 채워야 하는가?

너희들(너무도 혹독한 운명의
무섭고도 명백한 상징!), 너희들이
보여주려는 바는, 무덤구덩이에서마저
약속된 잠이 보장된 것은 아니며,

허무가 우리에게 등돌리는 배반자이며,
모든 것이, 죽음마저, 우리를 속인다는 것이며,
슬프다! 영원무궁 변함없이,
우리는 필시

알지 못하는 어떤 나라에서
거친 땅의 껍질을 벗겨야 하며
우리의 피 흐르는 맨발로
무거운 보습을 밀어야만 한다는 것인가?

저녁 해거름

바야흐로 범죄자의 벗, 매혹적인 저녁이
한 사람 공범처럼 늑대걸음으로 다가온다,
하늘은 거대한 침소처럼 천천히 닫히고,
초조한 사나이는 야수로 변한다.

오 저녁, 사랑스러운 저녁, 오늘 하루
우리는 일했노라! 그 팔이 거짓 없이 말할 수
있는 자가 기다리는. ―그 저녁은 위로한다,
사나운 고뇌에 잡아먹히는 정신들을,
이마가 무거워지는 끈질긴 학자를,
잠자리를 다시 되찾는 허리 굽은 노동자를.
그런가 하면 대기 속에서는 해로운 악마들이
사업가들처럼 부스스 깨어나,
날아오르며 문과 차양에 머리를 박는다.
바람에 시달리는 희미한 불빛들 사이로
매음이 거리거리에 불을 켜고,
개미집처럼 나갈 구멍을 트고,
급습을 꾀하는 적군처럼,
어디에나 비의의 길을 뚫어,
먹을 것을 인간에게서 훔쳐내는 구더기처럼,

진창의 도시 한복판에서 술렁거린다.
여기저기서 주방들 휘파람 불고,
극장들 삑삑거리고, 오케스트라들 코 고는 소리 들린다,
노름이 진미가 되어 깔리는 접객 식탁은
갈보와 그들의 공범, 사기꾼으로 가득하고,
머지않아 휴식도 인정도 모르는 도둑들이
그들 또한, 그들의 작업에 착수하여,
며칠을 살고 저희 애인들에게 옷을 사 입히려고,
살그머니 문과 금고를 열러 나오리라.

생각에 잠기라, 내 혼이여, 이 엄숙한 시간에,
그리고 저 아우성에 네 귀를 막아라.
환자들의 고통이 자심해지는 시간이다!
암울한 밤이 그들의 목을 조르니, 그들은
제 운명을 마치고 공동 심연을 향해 갈 터,
병원은 그들의 한숨이 가득하구나. — 저녁에,
난롯가로, 사랑하는 마음 곁으로, 향긋한 수프를 찾아
되돌아오지 못할 사람 여럿이다.

더구나 거개는 가정의 안락을
맛본 적도 없고 아예 살아본 적도 없지!

노름

빛바랜 안락의자에 늙은 창녀들이
파리한 얼굴, 그린 눈썹, 상냥하고도 파멸을 부르는 눈에,
교태를 부리며, 보석과 귀금속의 떨렁대는 소리를
저들의 여윈 귀에서 떨어뜨린다.

초록빛 도박 탁자 둘러싸고 입술 없는 얼굴들,
핏기 없는 입술들, 이 빠진 턱들,
그리고 빈 호주머니나 팔딱이는 가슴을 뒤지며,
지옥의 열기로 경련을 일으키는 손가락들,

꾀죄죄한 천장 아래 파리한 샹들리에와
커다란 캥케 등 한 줄이 희미한 불빛을 던져,
자신들의 피 흐르는 땀을 탕진하러온
이름난 시인들의 어둔 이마를 비추고,

바로 이것이 어느 밤 꿈에서 내 밝은 눈 아래
펼쳐져 보인 그 검은 그림 폭.
나는, 그 침묵의 소굴 한쪽 구석에서 나는
팔을 괴고, 추워하며, 말없이, 부러워하며,

부러워하며, 저 사람들의 끈덕진 정열을,
저 늙은 갈보들의 음산한 쾌락을,
내 얼굴 앞에서, 더러는 옛날의 명예를,
더러는 제 미모를 원기 왕성하게 거래하는 그 모두를!

그러다 내 마음은 질겁했다, 저 가엾은 인간들,
입 벌린 심연으로 열심히 달려가는, 제 피에 취해,
결국 죽음보다는 고뇌를, 허무보다는 지옥을
택하고야 말 저 숱한 인간들을 내가 부러워하다니!

죽음의 춤

에르네스트 크리스토프에게

산 사람이나 마찬가지로, 고결한 키를 자랑하는,
그 커다란 꽃다발에 그 손수건에 그 장갑에,
자태도 터무니없는 말라빠진 교녀(嬌女)의
무심함과 경망스러움이 그녀에게 있다.

이보다 더 가는 허리를 무도회에서 본 적이 있을까?
왕복같이 품 넓게 부풀어오른 그 옷은,
한껏 멋을 부린, 한 송이 꽃처럼 예쁜 구두가
오므려 조인 발 위에 풍요롭게 쏟아진다.

바위에 몸 부비는 음탕한 시냇물처럼,
쇄골 가에서 놀고 있는 주름 끈은
그녀가 감추려 애쓰는 음울한 젖가슴을
가소로운 희롱으로부터 부끄러운 듯 막아준다.

그 깊은 눈은 공허와 암흑으로 이루어졌고,
솜씨 좋게 꽃 관을 올려 앉힌 두개골은
가냘픈 등뼈 위에서 열의 없이 간들거린다.
오 말도 안 되게 차려입은 허무의 매력이여.

혹자들은 너를 가리켜 캐리커처라 할 것이나,
살에 취한 애인들, 그 사람들은 인간 뼈대의
이름 없는 우아함을 이해하지 못하지.
키 큰 해골아, 너는 내 가장 값진 취향에 부응한다!

그 억센 찌푸림으로, 너는 삶의 잔치를
휘저어놓으러 왔느냐? 아니면 무슨 낡은 욕망이
너의 산 해골을 또다시 들쑤시어,
순진한 너를 환락의 마연에 떠밀었느냐?

바이올린의 노래로, 촛불의 불꽃으로,
너를 빈정거리는 가위눌림을 쫓아버리고 싶어서,
네 가슴속에서 불붙는 지옥을
이 술잔치의 폭포수로 식혀달라고 찾아왔느냐?

어리석음과 허물의 마를 줄 모르는 우물이여!
케케묵은 고뇌의 영원한 증류기여!
네 갈비뼈 휘어진 창살 너머로 보이는구나,
만족할 줄 모르는 살무사가 아직도 헤매고 있구나.

사실을 말하자면, 두렵구나, 너의 교태가
그 노력에 합당한 보람을 찾지 못할 것이.
저 죽어갈 마음 가운데 누가 네 야유를 알아듣겠느냐?
공포의 매력에는 오직 강자들만 취할 뿐!

네 눈의 심연은, 무서운 생각으로 가득해,
현기증을 내뿜으니, 신중한 춤꾼들이라도,
네 서른두 개 이빨의 영원한 미소를
쓰디쓴 구토가 없이는 살펴보지 못하리.

그렇지만 제 품 안에 해골을 안지 않았던 자 누구이며,
무덤의 것을 먹고 살지 않은 자 누구인가?
향수가, 옷이 혹은 치장이 다 무슨 소용인가?
까다롭게 구는 자는 제가 아름다운 줄로만 알고 있지.

코 없는 바야데르여, 못 말릴 매춘부여,
그러니 말하라, 눈먼 저 춤꾼들에게,
"교만한 총아들아, 아무리 분과 연지를 발라도,
너희는 모두 죽음의 냄새가 난다! 오 사향 칠한 해골들아,

시들은 안티노오스들, 수염 없는 멋쟁이들,
니스 칠한 시체들, 백발의 호색꾼들아,
주검의 춤 우주만방 원무가
알지 못할 곳으로 너희들을 끌고 간다!

센의 싸늘한 강둑에서 갠지스의 타는 듯한 강변까지
죽어갈 무리들이 띔뛰며 넋을 잃는다,
천장 구멍에서 천사의 나팔이 검은 나팔총같이
불길하게 입 벌리고 있는 것 보지 못하고.

어느 풍토에서도, 어느 태양 아래서도, 죽음은,
몸짓도 우스꽝스러운 너에게 감탄한다, 가소로운 인류야,
그러고는 자주자주 너처럼, 몰약 향내 피우며,
네 미친 짓에 제 빈정거림을 섞어넣는다!"

가식에의 사랑

오 나른한 애인이여, 천장에서 부서지는
악기의 노래에 조화롭고 느린 발걸음
걸어두고, 그윽한 눈의 권태를 이끌고
그대가 걸어가는 것을 볼 때면,

그대 얼굴 물들이는 가스등 불빛에,
병적인 매력으로 예뻐진, 저녁 횃불들이
새벽빛을 밝히는, 창백한 그대 이마와
초상화의 눈처럼 매혹적인 그대의 눈을 바라볼 때면,

나는 말한다: "아름다워라! 이상하게도 싱싱하고!
무거운 왕궁의 탑처럼, 둔중한 추억이
그녀에게 왕관을 씌우고, 복숭아처럼 멍든 그녀 마음은,
능숙한 사랑을 위해, 그 몸과 더불어 무르익는다."

그대는 그지없는 맛을 지닌 가을의 과실인가?
무슨 눈물 기다리는 불길한 단지인가,
머나먼 오아시스 꿈꾸게 하는 향기인가,
애정 어린 베개인가, 또는 꽃바구니인가?

나는 안다, 가장 우울한 눈이 있음을,
귀중한 비밀 같은 것 들어 있지 않은 눈,
보석 없는 아름다운 보석상자, 유물 없는 유물함,
오 하늘이여! 그대보다 더 빈, 더 그윽한 눈이 있음을.

그러나 진실을 피하는 내 마음 즐겁게 해주려면
그대가 겉모습인 것으로도 충분하지 않는가?
그대가 어리석건 무심하건 무슨 상관이랴?
가면이건 허식이건, 오래오래! 그대의 아름다움을 사랑한다.

(나는 잊지 않았다, 시내에서 가까운)

나는 잊지 않았다, 시내에서 가까운,
하얀 우리집을, 작지만 조용한 집.
석고 포모나와 낡은 비너스가 나무 몇 그루
초라한 숲에서 벌거벗은 팔다리를 가리고 있었고,
태양은 저녁이면, 환하고 찬란한 빛,
그 햇살 다발 부서지는 창유리 뒤에서,
호기심 많은 하늘에 크게 열린 눈처럼,
우리의 길고 말없는 저녁식사를 지켜보는 것 같았다,
커다란 촛불 같은 그 아름다운 반사광을
수수한 식탁보와 사지 커튼에 아낌없이 퍼부으며.

(당신이 시샘하던 마음 넓은 그 하녀)

당신이 시샘하던 마음 넓은 그 하녀,

지금은 보잘것없는 잔디 아래 잠들어 있건만,

우리는 그러나 그 앞에 몇 송이 꽃을 바쳐야 하리라.

망자들, 저 불쌍한 망자들은 큰 고통을 받는다.

나뭇가지치기 늙은 인부 시월이 그 을씨년스러운 바람을

망자들의 대리석 주변에 불어댈 때면,

늘 하던 대로 시트 속에서 포근히 잠자는 산 사람들을

정녕 그들은 배은망덕하다 여길 수밖에 없을 터,

검은 몽상에 파먹히며,

잠자리 동무도, 즐겁게 나눌 이야기도 없이,

구더기에 시달리는 언 해골,

그들은 무덤 철창에 걸린 누더기 꽃다발을 갈아주는

친구도 가족도 없이, 겨울의 눈이 물 되어 스며든다고,

긴 세월이 흘러간다고 느끼겠지.

장작불이 후르륵거리며 노래 부를 때, 저녁에,

조용히, 안락의자에 앉아 있는 그녀를 본다면,

시퍼렇게 추운 십이월 밤에,

영원한 잠자리의 깊은 바닥에서 빠져나온 그녀가,

근엄하게, 내 방 한쪽 구석에 웅크리고 앉아,

어른이 된 그 아이를 어머니 같은 눈으로 발견한다면,
그 꺼진 눈자위에서 떨어지는 눈물을 보고,
이 경건한 영혼에게 나는 무어라 대답할 수 있을까?

안개와 비

오 가을의 끝, 겨울, 흙물에 젖은 봄,
졸음을 몰고 오는 계절들! 나는 사랑하고 기리노라,
안개 수의와 몽롱한 무덤으로
내 마음과 뇌수를 이처럼 감싸주는 그대들을.

이 허허벌판에, 차가운 바람 뛰놀고,
긴긴밤 새워 바람개비 목이 쉬는데,
내 혼은 제 까마귀의 날개를
다사로운 새봄에서보다 더 활짝 펴리라.

음산한 것들 가득한, 위에 오래전부터
서리 내린 이 가슴에 그대 창백한 어둠의
한결같은 모습보다 더 아늑한 것은 없구나,

오 우중충한 계절, 우리네 기후의 여왕이여,
— 달도 없는 어느 저녁에, 둘씩 둘씩,
아슬아슬한 침대에서 고뇌를 잠재우기가 아니라면.

파리의 꿈

콩스탕탱 기스에게

I

인간은 한 번도 본 적 없는,
그런 무서운 풍경의
어렴풋하고 먼 그림이
오늘 아침에도 나를 호린다.

잠은 기적으로 가득하다!
무슨 이상한 변덕을 부려,
나는 이들 경치에서
들쭉날쭉한 식물을 몰아내고,

내 재능을 자랑하는 화가,
나는 내 그림 속에서,
금속과 대리석과 물의
단조로움을 맛보며 취했다.

계단과 아케이드의 바벨탑,
그것은 끝없는 궁전,
널려 있는 분수와 폭포
무광 유광 금 수반에 떨어지고,

육중한 대폭포수들,
금속 절벽에
수정 커튼처럼
눈부시게 걸려 있었다.

수목이 아닌 주랑으로,
잠든 연못 둘러싸이고,
거인 수정들이 여인들처럼,
물속에 제 모습 비춰보고 있었다.

장밋빛 초록빛 강둑 사이로,
잔잔한 수면 푸르게 흘러,
수백만 리를 마다않고
이 세상 경계를 향하고,

그것은 전대미문의 보석과
마술의 물결, 그것은
제가 반사하는 모든 것으로
눈부신 광막한 거울!

무심하게, 소리 없이,
갠지스강들이 창공에서
다이아몬드 심연 속에,
항아리의 보물을 쏟아 넣고 있었다.

내 마경을 내가 짓는 건축사,
나는 내 뜻대로
보석 터널 아래로
길들인 바다를 흘러가게 하였다.

그리하여 모든 것이, 검은 색깔마저,
윤이 나고 맑고 영롱하게만 보이고,
수정 줄기가 된 광선에
액체가 제 영광을 새겨넣고 있었다.

달리 어떤 별도, 태양의
어떤 흔적도 없어, 하늘 저 아래쪽까지,
비춰줄 빛이 없는 이 기적은
저 자신의 불빛으로 빛나고 있었다!

그리고 이 움직이는 경이 위로
(무서운 새로움! 모두 눈을 위한 것,
귀를 위해선 아무것도 없고!)
드리운 것은 영원한 고요.

II

불꽃 가득한 내 눈을 다시 열고,
내가 본 것은 내 누옥의 끔찍함,
정신을 다시 차리고, 느낀 것은
저주받은 근심의 칼끝,

벽시계는 음산한 억양으로
정오의 종 난폭하게 치고,
하늘은 암흑을 퍼붓고 있었다,
마비된 이 슬픈 세상 위에.

새벽 해거름

기상나팔이 병영 마당에서 노래하고,
아침 바람이 가로등 위로 불고 있었다.

그것은 나쁜 꿈이 떼를 지어
소년들의 갈색 머리를 베개 위에 잡아 비트는 시간,
그때, 깜박이며 움직이는 핏발선 눈과 같은
등불은 햇빛 바탕에 붉은 얼룩이 되고,
그때 혼은, 불편하고 무거운 몸뚱이에 눌려,
등불과 햇빛의 싸움을 흉내낸다.
산들바람이 닦아주는 눈물 젖은 얼굴 같은
공기는 사라져가는 것들의 떨림으로 가득차고,
사내는 글쓰기에, 여자는 사랑하기에 지쳐 있다.

집들이 여기저기서 연기를 올리기 시작했다.
논다니 여자들은 납빛 눈꺼풀에,
입을 벌리고, 그 얼빠진 잠을 자고 있었다.
가난한 여자들은 여위고 싸늘한 젖통을 늘어뜨리고,
깜부기불을 불어 대고 손가락을 불어 댔다.
그것은 추위와 인색의 틈새에서,
산고 든 아낙네의 고통이 더욱 심해지는 시간,

치밀어오르는 피에 끊기곤 하는 흐느낌 같은
수탉의 노래는 멀리서 안개 낀 공기를 찢고 있고,
안개의 바다는 건물들을 적시고 있고,
자선병원 구석에서 죽어가는 병자들은
고르지 않은 딸꾹질 하며 마지막 헐떡임을 내쉬고 있었다.
탕아들이 돌아오고 있었다, 자기들의 일에 녹초가 되어.

장밋빛 초록빛 옷을 입고 추위에 떠는 새벽이
인기척 없는 센강 위로 서서히 다가오고,
어둑한 파리는, 눈을 비비며,
제 연장을 움켜쥐었다, 이 부지런한 늙은이는.

술

술의 넋

어느 날 저녁, 술의 넋이 병 속에서 노래했다:
"인간아, 내 너를 위해, 오 친애하는 낙오자야,
내 유리 감옥과 주홍빛 밀랍에 갇혀,
빛과 우애로 가득한 노래 한 곡 뽑으련다!

나는 아노라, 불타오르는 언덕 위에서,
내 목숨을 낳고, 내게 넋을 주기 위해선,
얼마나 많은 노고가, 얼마나 많은 땀이,
찌는 듯한 햇볕이 필요한가를.
그러나 나는 배은망덕할 수도 유해할 수도 없는 것이,

일에 닳아진 사람의 목구멍 속으로
내 떨어질 때, 나는 무한한 기쁨을 느끼고,
그의 뜨거운 가슴이 내 싸늘한 지하실보다
내게 훨씬 더 기분 좋은 아늑한 무덤인 때문이지.

너는 듣는가, 일요일의 반복구와 뛰노는 내 가슴에서
재잘거리는 희망이 울려퍼지는 소리를?
탁자에 팔꿈치를 짚고 소매를 걷어올리고,
너는 나를 찬미하며 마음이 흐뭇하리라.

나는 네 기뻐하는 아내의 눈에 불을 켜주고,
너의 아들에게 힘과 혈색을 돌려주고,
이 연약한 인생의 경기자를 위해
투사의 근육 굳건하게 할 기름이 되리라.

식물성 암브로시아, 영원한 파종자가 뿌린
귀중한 씨앗, 나는 네 안에 떨어지리라,
우리의 사랑에서 시가 태어나
진귀한 꽃처럼 신을 향해 솟아오르도록!"

넝마주이의 술

바람이 불꽃을 때리고 유리 등피 흔들어대는
가로등 붉은 불빛 아래, 종종 보인다,
폭풍의 누룩처럼 인간들 우글거리는
진창의 미로, 낡은 성문 밖 거리 한복판에,

머리 주악거리며, 비틀비틀, 시인처럼
담벼락에 부딪치며 오는 넝마주이 한 사람,
밀정 따윈 제 신하 놈일 뿐 아랑곳도 하지 않고
제 온갖 포부를 영광스러운 계획으로 털어놓는다.

선서를 하고, 숭고한 법률을 공포하고,
악인들을 타도하고, 희생자를 들어 일으키고,
옥좌에 드리운 닫집 같은 하늘 아래서
제 자신의 찬란한 덕행에 도취한다.

그렇다, 살림살이 고달픔에 쪼들린 이 사람들,
노동에 골병들고 나이에 시달리고,
거대한 파리의 난잡한 토사물,
그 쓰레깃더미에 깔려 기진맥진 꼬부라져서,

술통 냄새 풍기며 집으로 돌아가는 길,
싸움터에서 백발이 된 동지들이,
낡아빠진 군기처럼 콧수염을 늘어뜨리고 뒤따르니.
깃발들이, 꽃다발들이, 개선문들이

저들 앞에 일어서는구나, 장엄한 마술이여!
그리하여 나팔과 태양, 함성과 북소리의
멍멍하고 휘황한 법석 속에서
사랑에 취한 민중에게 저들은 영광을 안겨준다!

이렇듯 하찮은 인성을 가로질러,
눈부신 팍토로스강, 술은 황금을 굴린다,
사람의 목구멍을 빌려 술은 제 공훈을 노래하고,
갖가지 선물을 베풀어 진정한 왕들처럼 군림한다.

침묵 속에 죽어가는 이 모든 저주받은 늙은이들의
원한을 묽게 하고 무기력을 달래려고,
신은, 회한에 차서, 잠을 만드셨으니,
인간은 술을 덧붙였다, 태양의 거룩한 아들을!

살인자의 술

아내가 죽었다, 나는 자유다!
이제는 내 마음껏 마실 수 있지.
내가 돈 한 푼 없이 집에 들어갈 때는
아내의 아우성이 내 심금을 찢었지.

왕도 못지않게 행복하구나.
공기는 맑고, 하늘은 놀랍고……
내가 사랑에 빠졌을 때도
이와 비슷한 여름이었지!

나를 찢어대는 이 무서운 갈증이
풀리려면 아내의 무덤을
가득 채울 그만큼의 술이
필요할 거야, ― 말이 좀 심했구나:

아내를 우물 바닥에 처넣고
그 위에다 우물 갓돌까지
모조리 밀어넣었지.
― 잊을 수만 있다면 잊어야지!

아무것도 우리를 뗄 수 없다는
사랑의 맹세를 내세우면서,
우리가 도취하던 아름다운 시절처럼
다시 화해해보자면서,

나는 아내에게, 어느 날 저녁,
으슥한 거리에서 한번 만나자 사정했지,
아내가 나왔네! ─ 저 미친 것이!
우리는 누구나 많게건 적게건 미쳤지!

아내는 여전히 예뻤다,
무척 지치기는 하였지만! 그리고 나는
너무나 사랑했지! 바로 그 때문에
나는 말했지: 이 삶에서 나가라!

아무도 내 마음 이해할 수 없지.
저 멍청한 술꾼들 가운데
단 한 사람이라도 병적인 밤을 보내며
술로 수의를 지을 꿈이라도 꿨을까?

강철로 만든 기계처럼
끄떡도 없는 저 악당이야
여름이건 겨울이건, 언제 한 번도,
진정한 사랑을 안 적이 없지,

그 검은 마력이,
그 지옥 같은 불안의 행렬이,
그 독약 병, 그 눈물이,
그 사슬과 뼈의 소음이 따라붙는 사랑을!

—자 이제 나는 자유롭고 독신이다!
이 밤에 나는 죽도록 취하리라,
그러고는 두려움도 후회도 없이,
땅바닥에 드러누워,

한 마리 개처럼 잠들리라!
돌과 진흙을 실은
바퀴도 무거운 짐마차가,
광포한 화물차가

죄 많은 내 머리 박살내도,

혹은 내 중동을 갈라도,

나는 그따위 안중에 없다, 신이건

악마건 성찬대건 아랑곳없듯이!

고독자의 술

제 나른한 아름다움을 잠그고 싶어
물결 지는 달이 떨리는 호수에 내려보내는
하얀 빛살처럼 우리에게 스며들어오는,
바람둥이 여인의 야릇한 눈길,

노름꾼의 손가락에 집힌 마지막 돈지갑,
여윈 아델리나의 거리낌 없는 입맞춤,
인간 고뇌의 아련한 비명과도 같은,
속을 긁으면서도 감미로운 음악 소리,

이 모든 것 하나하나가, 오 깊은 술병아,
네 풍만한 뱃구레가 경건한 시인의 갈증 난 가슴에
부어 간직하는 저 통렬한 방향제만은 못하다.

너는 시인에게 부어준다, 희망과 젊음과 생명을,
— 그리고 긍지를, 우리를 승리자로 만들고
신들의 맞수가 되게 하는 온갖 구걸의 이 보배를!

애인들의 술

오늘 허공이 찬란하구나!
재갈 없이, 박차 없이, 고삐 없이,
말을 타듯 술을 타고 떠나자,
마경의 거룩한 하늘을 향해!

혹독한 열사병 착란에
시달리는 두 천사와 같이,
아침의 푸른 수정을 뚫고
아득한 신기루를 따라가자!

영리한 회오리의
날개를 타고 나긋나긋 흔들리며,
동시 진행 열광 속으로,

내 누이야, 둘이 나란히 헤엄쳐서,
쉼도 멈춤도 없이 우린 달아나리라,
내 꿈의 낙원을 향해!

악의 꽃

파괴

끊임없이 내 옆에선 마귀가 설렌다,
만질 수 없는 공기처럼 나를 감싸고 헤엄친다,
그놈을 내가 삼키면 놈은 내 허파를 불태우곤
죄악의 끝없는 욕망으로 그 자리를 채우는 것만 같다.

놈은 예술에 대한 내 크나큰 사랑을 알고,
이따금, 지극히 매혹적인 여자의 형상을 하고,
위선자의 허울 좋은 핑계를 쓰고,
부끄러운 미약에 내 입술을 길들인다.

신의 눈에서 멀리, 권태의 벌판,
깊고 인적 없는 그 한복판으로, 이렇게,
헐떡이고 피로에 기진한 나를 끌고 가서,

혼란만 가득한 내 눈 속에 내던진다,
더럽혀진 옷과 벌어진 상처,
그리고 파괴의 피투성이 장비를.

순교의 여인
어느 이름 모를 대가의 데생

향수병, 금박 물린 피륙, 그리고 쾌락한 가구,
대리석상들, 그림들 한가운데,
향수 뿌린 의상들이 호화롭게 헝클어져
널브러진 한가운데,

공기가 온실처럼 위험하고 치명적인,
어느 미지근한 방 안에서,
유리 관(棺) 속에 담겨 죽어가는 꽃다발들이
마지막 숨을 내쉬는 그 방에서,

머리 없는 시체 하나가, 강물처럼,
젖어드는 베개 위에,
붉은 선혈을 쏟아내고, 홑청이 목장의
갈증으로 그 피를 빨아들인다.

어둠에서 태어나 우리 눈을 붙들어매는
파리한 헛것을 닮은,
머리는, 그 어두운 갈기 더미와 더불어,
그 귀중한 보석과 더불어,

침대 머리 탁자 위에, 미나리아재비처럼
　　　쉬고 있고, 해거름처럼
몽롱하고 하얀, 생각 없는 시선 한줄기가
　　　뒤집힌 눈에서 빠져나온다.

침대 위에는 벌거벗은 몸통이, 부끄러움도 모르고,
　　　자연이 선물한
은밀한 광채와 치명적인 아름다움을
　　　완전히 까발려 전시한다.

금실로 가를 두른 분홍 양말은 다리에
　　　추억처럼 남아 있고,
양말대님은 타오르는 비밀의 눈인 것처럼
　　　다이아몬드 광채의 시선을 쏜다.

이 고독과 나른한 초상화의
　　　얄궂은 모습이
그 자태만큼 선정적인 두 눈에
　　　드러내는 것은 어두운 사랑,

그리고 죄 많은 쾌락과, 악천사의 무리들이
　　커튼의 주름 속에서
헤엄치며 즐겼던 지옥의 입맞춤
　　가득한 야릇한 향연들,

그렇건만, 윤곽선 거친 어깨의
　　우아한 수척과
조금 뾰쪽한 엉덩이와, 성난 뱀처럼
　　날렵한 몸매를 보면,

아직도 제법 젊은 여자다! — 권태에 짜증난 그 혼과
　　깨물린 그 감각들이,
헤매다 길 잃은 욕망의 굶주린 사냥개떼에게
　　반쯤 문을 열었던가?

생시에 너의 그 많은 사랑으로도 제 갈증 풀지 못해
　　앙심 품은 사내가
꼼짝 않고 받아들이는 네 살덩이 위에서
　　욕망의 무한함을 채웠던가?

대답하라, 불결한 시체여! 그는 제 열띤 팔로
            네 빳빳한 머리채를 잡고 너를 들어올려
말하라, 끔찍한 머리여, 그가 네 싸늘한 이빨 위에
            마지막 고별을 발랐는가?

— 비웃는 세상에서 멀리, 더러운 군중에서 멀리,
            호기심 많은 관헌에게서 멀리 떨어져,
고이 자거라, 고이 자거라, 이상한 여자여,
            네 신비로운 무덤 속에서,

네 남편은 세상을 달린다 해도, 네 불멸의 형상은
            그가 잠들 때도 그 옆을 지킬 것이니,
틀림없이 그도 너처럼 네게 충실하리라,
            죽는 날까지 한결같이.

영벌 받은 여인들

생각에 잠긴 가축처럼 모래밭에 드러누워,
그녀들은 바다의 수평선에 눈을 돌리고,
서로 더듬어 찾는 발과 가까이 다가가는 손에는
감미로운 우수와 쓰라린 오한이 잡힌다.

어떤 여자들은, 긴 속내 이야기에 마음이 빠져,
시냇물 속삭이는 수풀 속 깊이 들어가,
겁 많던 어린 시절의 사랑을 한 글자 한 글자 부르며
어린 관목의 푸른 나무 등에 새겨넣고,

또 어떤 여자들은, 성 앙투안이 용암처럼 솟아나는
제 유혹들의 자줏빛 벗은 젖가슴을 보았던,
저 환영들 가득한 바위 사이를 가로질러,
수녀처럼 무겁게 근엄하게 걸어가고,

또 그중에는, 꺼져가는 송진 불의 희미한 빛에,
낡은 이교의 소굴 그 괴괴한 구멍 속에서,
울부짖는 열광으로, 오, 묵은 회한 잠재우는 자
바쿠스여! 그대의 구원을 하소하는 여자들이 있고,

그 가슴이 스카풀라리오를 기꺼이 받아들이는,
기다란 옷자락 밑에 채찍을 감추었다가,
어두운 숲속 호젓한 밤, 고통의 눈물에
쾌락의 거품을 섞어 넣는 여자들이 있다.

오 처녀여, 악마여, 오 괴물이여, 오 순교자여,
현실을 경멸하는 위대한 정신들이여,
무한의 탐구자들이여, 독신자이자 색광들이여,
때로는 아우성 가득하고 때로는 눈물 가득한,

내 혼이 지옥까지 쫓아갔던 그대들이여,
가엾은 누이들이여, 나는 그대들을 사랑하는 그만큼
　동정한다,
그대들의 침울한 고뇌, 풀 수 없는 갈증 때문에,
그대들의 커다란 가슴에 가득한 사랑의 항아리들 때문에!

의좋은 자매

방탕과 죽음은 사랑스러운 두 딸,
입맞춤 낭비하고, 건강은 풍부하고,
언제나 처녀인 배, 누더기를 두른 그것들의 배는
영원한 노동에도 애를 배지 않았다.

가정의 원수, 지옥의 총아,
녹 없는 조신, 불행한 시인에게,
무덤과 홍등가는 그 소사나무 아래서,
회한이 찾아온 적 없었던 침대를 보여준다.

그리고 관과 침소는 독신(瀆神)이 풍요로워,
의좋은 두 남매처럼 차례차례 우리에게
무서운 쾌락과 끔찍한 안락을 제공한다.

언제 나를 묻으려나, 더러운 팔의 방탕이여,
그리로 매력에 싸인 그의 적수, 오 죽음이여, 너는 언제 와서
네 맞수의 야비한 도금양에 네 검은 삼나무를 접붙이려나?

피의 샘물

때때로 내 피가 물결 지어 흘러가는 것만 같다,
선율 맞춰 흐느끼는 샘물이라 해야 하나.
오래오래 속삭이며 흐르는 그 소리 또렷이 들리지만,
상처를 찾으려고 내 몸을 더듬어도 찾을 수 없다.

격투장을 내달리듯, 도시를 가로질러,
길바닥 포석을 섬으로 바꾸며, 내 피는 흘러간다,
산 것들 하나하나 그 갈증을 풀어주고,
가는 곳마다 자연을 붉게 물들이며.

나를 파고드는 공포를 하루라도 잠재워달라고,
나는 자주 믿을 수 없는 술에 하소연했건만,
술은 눈을 한결 맑게, 귀를 한결 예민하게 만드는 법!

사랑 속에서 망각의 잠을 찾아본 적도 있으나,
나에게 사랑은 오직 바늘방석일 따름,
저 잔인한 여자들에게 마실 것이나 주려고 만들어진!

알레고리

그것은 아름답고 몸매가 풍만한 여자,

제 술 속에 머리채가 잠겨 있다.

사랑의 손톱, 도박장의 독약,

무엇이나 그 화강암 피부에서는 미끄러지고 무디어진다.

그녀는 죽음을 비웃고 방탕을 멸시하니,

이 괴물들은 손만 내밀면 늘 할퀴고 베는 것이 일이지만,

이 파괴적인 놀이에서도 저 단단하고 꼿꼿한 육체의

매서운 위엄에 존경을 바쳐왔다.

그녀는 여신의 자세로 걷고 술탄의 아내처럼 휴식한다.

쾌락에서는 무하마드의 신앙을 지니고,

활짝 열린 품 안에, 젖가슴이 가득한데,

인간 종족을 눈으로 불러들인다.

알고 있다, 믿고 있다, 불임의 처녀,

그러나 세계의 운행에 필수적인 이 처녀는

육체의 아름다움은 지고한 천분의 하나라고,

모든 온갖 파렴치한 일도 그것으로 용서된다고.

그녀는 지옥도 연옥도 알지 못하기에,

검은 밤 속으로 들어갈 시간이 오면,

죽음의 얼굴을 갓난아기가 바라보듯

바라보리라, —증오도 없이 회한도 없이.

베아트리체

불에 타 초목도 없이 재로 덮인 땅에서,
어느 날 자연을 향해 푸념을 늘어놓고 있자니,
정처 없이 떠돌며, 내 생각의 칼날을
가슴 위에 천천히 갈고 있자니,
한낮에 태풍의 음산하고 두터운 구름이
잔인하고 호기심 많은 난쟁이들처럼 보이는
해로운 마귀 한 부대를 싣고
내 머리 위로 내려오는 것이었다.
놈들이 쌀쌀하게 나를 관찰하는가 싶더니,
놀라 구경하던 미치광이에 대해 말하는 행인들처럼,
숱한 몸짓 숱한 눈짓을 주고받으며,
자기들끼리 웃고 소곤거리는 소리 들렸다.

— "어디 천천히 감상해보세, 이 만화를,
그리고 제 거동 흉내내는 저 햄릿의 망령을,
눈길은 흐릿하고 머리칼은 바람에 나부끼고.
보고 있자니 참 가련하지 않은가? 저 낙천가,
저 거지, 일거리 없는 저 삼류 배우, 저 건달 말일세,
제 배역을 참 능란하게 해낼 줄도 알고,
독수리, 귀뚜라미, 시냇물, 꽃을,

제 고뇌의 노래로 즐겨주려고 들고,
저런 낡아빠진 대사의 저자인 우리에게까지
세상이 다 아는 독백을 고함쳐 낭송하려 들다니.”

나는 내 높고 높은(내 긍지는 산만큼 높아
구름과 악마들의 고함을 내려다본다)
머리를 그냥 돌리고 말 수도 있었으리라,
그 음탕한 무리 가운데서, 내 보지만 않았더라면.
이런 죄악 앞에서 태양이 비틀거리질 않았다니!
비길 데 없는 눈을 가진 내 마음의 여왕이
그자들과 함께 내 침울한 비탄을 비웃으며
그자들에게 이따금 추잡한 애무를 퍼붓는 게 아닌가.

키티라 여행

내 마음은, 한 마리 새처럼, 아주 즐겁게 파닥거리며,
밧줄 둘레를 자유로이 날고 있었고,
배는 구름 없는 하늘 아래서 흔들거렸다,
빛살 밝은 태양에 취한 천사와 같이.

저 처량하고 검은 섬은 무엇인가? ― 저것은 키티라,
누군가 말을 한다, 노래에서 유명한 고장,
모든 노총각들의 진부한 엘도라도.
보시라, 결국은 초라한 땅.

― 감미로운 비밀과 사랑놀이의 섬!
저 옛날 비너스의 오만한 유령이
너의 바다 위로 한줄기 향기처럼 감돌며,
사람들의 정신에 사랑과 번민을 싣는다.

도금양 푸르고, 한가득 꽃들이 만발한,
민족마다 영원히 숭배하는 아름다운 섬,
사랑에 빠진 마음의 한숨들이
떠돈다, 장미 정원의 향기처럼,

또는 산비둘기의 끝없는 울음소리처럼!
— 이제 키티라는 더없이 메마른 땅의 하나,
날카로운 비명으로 어지러운 자갈밭 황무지 하나.
그런데 어렴풋이 해괴한 물건이 눈에 들어오는 것이었다!

그것은 꽃을 사랑하는 젊은 무녀가,
은밀한 열기에 몸이 타올라,
스쳐가는 미풍에 옷자락 슬쩍 열고 걸어가는,
녹음 우거진 신전이 아니라,

그것은 바로, 해안을 바싹 붙어 스쳐가는
우리의 하얀 돛이 새들을 놀라게 할 때,
우리가 본 것은 바로 가지가 셋 달린 교수대,
사이프러스처럼 까맣게 하늘에 또렷이 서 있었다.

사나운 새들, 저들의 먹이 위에 올라앉아,
벌써 숙성된 그 목매달린 자를 맹렬하게 짓부수고,
저마다 그 더러운 부리를 연장처럼
이 부패물의 피 흐르는 구석구석에 박고 있었다.

눈은 두 개의 구멍이었고, 내려앉은 배에서는
무거운 창자가 허벅지로 처져 내렸으며,
끔찍한 진미에 배부른 그 망나니들은
그를 부리로 쪼아 완전히 거세한 뒤였다.

발아래서는 시샘 많은 한 무리 네발짐승이,
주둥이를 치켜들고 맴돌며 어슬렁거리고,
제일 큰 짐승 한 마리가 한복판에서 설치는 꼴이
제 조수들에 둘러싸인 사형집행관과도 같았다.

키티라의 주민, 그리도 아름다운 하늘의 아들아,
말없이 너는 이 모욕을 견디었다,
너의 수치스러운 종교를 속죄하고,
너에게 무덤을 금지한 그 죄악들을 속죄하려고.

우스꽝스러운 이 목매달린 자야, 너의 고통은 곧 나의 고통!
흔들거리는 네 사지의 모습을 보고, 나는
오래된 고통의 긴 담즙 강물이
구토처럼 이빨을 향해 치미는 느낌이 들었다.

그리도 소중한 추억을 지닌 가엾은 녀석아, 네 앞에서
나는 일찍이 내 살 짓씹기를 그리도 좋아하던,
쪼아대는 까마귀떼와 검은 표범들의
그 모든 부리와 그 모든 턱주가리를 느꼈다.

— 하늘은 아름답고 바다는 잔잔하였다.
내게는 그때부터 모든 것이 검고 피를 흘리고,
슬프다! 두꺼운 수의에라도 싸인 듯,
내 마음은 이 알레고리 속에 파묻혀 있었다.

그대의 섬에서, 오 비너스여! 내가 본 것은 오직,
내 모습이 목매달린 상징의 교수대 하나……
— 아! 주여! 나에게 용기와 힘을 주소서,
내 마음과 내 몸을 혐오 없이 들여다볼 수 있도록!

사랑과 해골

오래된 여백 삽화

. . . . .
사랑이 인류의 해골 위에
　　　　앉아 있으니,
이 왕좌 위에서 그 속된 물건이
　　　　뻔뻔스레 웃으며,

즐겁게 불어대는 둥근 비눗방울,
　　　　에테르층 깊은 곳에서,
다른 세계들이라도 만나려는 듯이
　　　　공중으로 솟아오른다.

빛나고 가냘픈 그 둥근 방울,
　　　　원대하게 날아올라,
터지면서 그 연약한 혼을 토한다,
　　　　한 자락 황금의 꿈 같은.

비눗방울 솟을 때마다 두개골이
　　　　하소연하며 신음하는 소리 들린다:
— "이 횡포하고 우스꽝스러운 장난은
　　　　언제 끝나게 되는가!

네 잔인한 입이 공중에 날리는 것은,

이 무도한 살인자야,

바로 내 머릿골이고 내 피와

내 살이 아니냐!"

반항

성 베드로의 부인

사랑하는 세라핀들을 향해 날마다 올라오는
저 저주의 물결을 신은 대관절 어찌 처리하실까?
고기와 술에 포식한 폭군처럼 그는 잠드신다,
우리의 끔찍한 모독 그 달콤한 소리 들으시면서,

순교자들과 사형수들의 흐느낌은
분명코 마음 도취하게 하는 교향악,
자신들의 쾌락의 값으로 치른 피에도 불구하고,
겹겹의 하늘은 아직도 만족할 줄 모르니!

― 아! 예수여, 저 올리브 동산을 기억하시라!
천한 망나니들이 당신의 생살에 못박는 소리를
하늘에서 들으면서 웃고 있던 자에게
당신이 순진하게도 무릎을 꿇고 기도하시는

그때에 경비병대와 요리사들 그 악당들이
당신의 신성에 침 뱉는 것을 몸소 보셨으며,
그때에 무한한 인류애가 깃든 당신의 두개골에
가시가 박히는 것을 느끼지 않으셨던가,

그 기진한 육신의 무서운 무게가
탈구된 두 팔을 잡아늘이고,
핏기를 잃는 이마에서 피와 땀이 흘러내릴 때,
당신이 뭇사람들 앞에 과녁처럼 걸려 있을 때,

저 빛나고 아름답던 날들을 당신은 꿈꾸셨던가,
영원한 약속 이루려고 오신 그날을,
꽃과 나뭇가지로 빈틈없이 덮인 길을
순한 암나귀 등에 올라 밟고 오시던 그날을,

희망과 용기에 가슴 온통 부풀어,
저 비열한 장사치들을 모두 팔로 후려치던 그날을,
마침내 주가 되신 그날을? 회한이 창날보다
더 깊이 당신의 옆구리를 파고들지 않던가?

— 단연코, 나는 떠나리라, 나라면 기꺼이 떠나리라,
행동이 꿈의 누이가 아닌 이 세상을.
칼을 휘두르고 칼로 망할 수 있기를!
성 베드로는 예수를 부인했다…… 잘했다!

아벨과 가인

I

아벨의 족속아, 자고 마시고 먹어라,
신이 너에게 대견하다 미소를 짓는다.

가인의 족속아, 진창 속을
기어다니다 비참하게 죽어라.

아벨의 족속아, 너의 제물은
세라핀의 코를 즐겁게 한다!

가인의 족속아, 너의 형벌은
언제 한번 끝이라도 있을까?

아벨의 족속아, 너의 씨앗과
가축이 번성하는 걸 보라.

가인의 족속아, 너의 창자는
늙은 개처럼 굶주림을 울부짖는다.

아벨의 족속아, 너의 배를
가장의 화롯가에서 따뜻이 데워라.

가인의 족속아, 너의 소굴에서
추위에 떨어라, 가련한 자칼아!

아벨의 족속아, 사랑하고 번식해라!
너의 황금이 또한 새끼를 친다.

가인의 족속아, 가슴은 타지만,
그 커다란 갈망을 조심하여라.

아벨의 족속아, 너는 자라나며
새순을 뜯는다, 숲의 빈대들처럼.

가인의 족속아, 궁지에 몰린
네 가족을 길바닥으로 끌고 나가라.

II

아! 아벨의 족속아, 너의 시체로
김 오르는 땅을 기름지게 하라!

가인의 족속아, 네 고통은
아직 충분하지 않다.

아벨의 족속아, 너의 수치는 이것,
네 보습이 사냥 창에 졌다!

가인의 족속아, 하늘에 기어올라
신을 땅에 내던져라!

사탄 연도

오 그대, 천사들 중에 가장 박식하고 가장 아름다운 자,
운명에 배신당하고 찬양을 빼앗긴 신이여,

오 사탄이여, 내 오랜 비참을 가엾게 여기시라!

오 귀양살이의 왕자여, 천대받고,
패해도, 늘 더욱 굳세게 다시 일어서는 자,

오 사탄이여, 내 오랜 비참을 가엾게 여기시라!

모든 것을 아는 그대, 지하 만물의 대왕,
인간의 고뇌를 다스리는 친밀한 치료사여,

오 사탄이여, 내 오랜 비참을 가엾게 여기시라!

문둥이에게도, 저주받은 천민들에게도,
사랑으로 천국의 맛을 가르치는 그대,

오 사탄이여, 내 오랜 비참을 가엾게 여기시라!

오 그대의 늙고 굳센 애인 죽음에게,
매혹적인 미치광이 — 희망을 낳게 한 그대!

오 사탄이여, 내 오랜 비참을 가엾게 여기시라!

추방된 자에게 침착하고 거만한 시선을 마련해주어,
단두대 둘러싼 모든 군중을 저주하게 하는 그대,

오 사탄이여, 내 오랜 비참을 가엾게 여기시라!

탐나는 땅 어느 구석에 샘 많은 신이
보석을 감추었는지 아는 그대,

오 사탄이여, 내 오랜 비참을 가엾게 여기시라!

수많은 금속들이 파묻혀 잠든 깊은 보고를
밝은 눈으로 뚫어보는 그대,

오 사탄이여, 내 오랜 비참을 가엾게 여기시라!

건물 처마 끝을 헤매는 몽유병자에게
그 너른 손으로 낭떠러지 가려주는 그대,

오 사탄이여, 내 오랜 비참을 가엾게 여기시라!

어물대다 말굽 아래 짓밟힌 주정뱅이의
늙은 뼈를 신묘하게도 부드럽게 해주는 그대,

오 사탄이여, 내 오랜 비참을 가엾게 여기시라!

신음하는 연약한 인간을 위로하기 위하여
초석과 유황을 배합하도록 우리에게 가르친 그대,

오 사탄이여, 내 오랜 비참을 가엾게 여기시라!

무정하고 비열한 크로이소스의 이마에
표적을 해두는, 오 능란한 공범자 그대,

오 사탄이여, 내 오랜 비참을 가엾게 여기시라!

처녀들의 눈에 그리고 마음속에
상처에의 예배와 누더기에의 사랑을 심어준 그대,

오 사탄이여, 내 오랜 비참을 가엾게 여기시라!

망명자들의 지팡이, 발명가들의 등불,
교형수들과 모반자들의 고해신부,

오 사탄이여, 내 오랜 비참을 가엾게 여기시라!

지상의 낙원에서 아버지 신이
오래 쌓인 분노로 쫓아낸 자들의 양아버지,

오 사탄이여, 내 오랜 비참을 가엾게 여기시라!

기도

그대에게 영광과 찬송이 있으라, 사탄이여, 그대가
하늘 저 높은 곳에서 다스릴 때도, 패하여

지옥 깊은 곳에서 침묵의 꿈에 잠길 때도!
어느 날 지혜의 나무 아래, 그대 곁에서,
그대의 이마 위에 새로운 신전과도 같이
그 가지들 우거질 시간에 내 혼이 쉬게 하시라!

죽음

애인들의 죽음

우리는 가질 거야, 가벼운 향기 가득한 침대들을,
무덤처럼 깊숙한 장의자들을,
그리고 시렁 위에서는 진기한 꽃들이
한결 아름다운 하늘 아래 우리를 위해 피어나고.

마지막 가진 열기를 다투어 써버리며,
우리의 두 마음은 커다란 두 자루 횃불이 되어.
그 두 겹으로 어울린 불빛을 비출 거야,
우리의 두 정신, 이 쌍둥이 거울에.

장밋빛과 신비로운 푸름으로 짜인 어느 저녁,
우리는 단 하나의 불꽃을 주고받을 거야,
이별의 말이 가득 실린 긴 흐느낌처럼.

그리고 조금 후에 한 천사가 문을 살며시 열고
들어와 되살리겠지, 정성스럽고도 즐겁게,
흐려진 두 거울과 사윈 두 불꽃을.

가난뱅이들의 죽음

죽음이 우리를 위로하고, 슬프다, 살게 하니,
그것은 인생의 목적이요, 유일한 희망
선약처럼 우리를 들어올리고 우리를 취하게 하고,
우리에게 저녁때까지 걸어갈 용기를 준다.

폭풍을 건너서, 눈을, 서리를 건너서,
그것은 우리네 캄캄한 지평선에서 깜박이는 불빛.
그것은 책에도 적혀 있는 이름난 주막,
거기서는 먹고 자고 앉을 수 있으리라.

그것은 천사, 그 자력을 띤 손가락에
잠과 황홀한 꿈의 선물을 쥐고,
가난하고 헐벗은 사람들의 잠자리를 마련한다.

그것은 신들의 영광, 그것은 신비로운 다락방,
그것은 가난뱅이의 지갑이자 그의 옛 고향,
그것은 미지의 하늘나라를 향해 열린 회랑!

예술가들의 죽음

몇 번이나 내 방울을 흔들며
네 천한 이마에 입을 맞춰야 하나, 우중충한 희화여?
신비로운 자연으로 과녁을 꿰뚫기 위해서는
오 내 살통아, 얼마나 많은 투창을 잃어야 하나?

우리는 꾀바른 음모로 우리 혼을 닳게 하고,
육중한 뼈대 숱하게 허물어뜨리리라,
그 지옥 같은 욕망이 우리를 흐느낌으로 채운 뒤에
마침내 우리가 위대한 창조물을 눈앞에 볼 때까지는!

자신의 우상을 끝내 알지 못한 사람들이 있으며,
저주받고 수치의 낙인이 찍혀
가슴과 이마를 치며 내내 괴로워하는 저 조각가들,

오직 하나뿐인 그들의 희망, 괴상하고 음울한 카피톨리움!
그것은 죽음이, 새로운 태양처럼 떠올라,
자기들의 두뇌에 담긴 꽃들을 활짝 피워주리라는 것!

하루의 끝

어슴푸레한 빛 아래
이유도 없이 달리고 춤추고 몸을 비튼다,
뻔뻔하고 떠들썩한 삶이.
그리하여 이윽고 지평선에

쾌락의 밤이 솟아올라,
모든 것을, 허기마저 가라앉히고,
모든 것을, 수치마저 지워버리면,
시인은 혼자 말한다: "드디어!

내 정신은, 내 등골처럼,
열심히 휴식을 간청한다.
가슴이 서글픈 꿈으로 가득차서,

나는 드러누우려 한다,
너희들의 장막 속으로 굴러가려 한다,
오 시원한 어둠이여!"

어느 호기심 많은 사람의 꿈

F. N.에게

자네도 나처럼 알고 있지, 저 즐거운 고뇌를,
그래서 자넬 두고 말하게 되지: "오! 괴상한 사람!"
― 나는 죽어가고 있었네. 사랑하는 내 마음속에서
그것은 공포 어린 욕망, 어떤 특별한 고통,

불안이며 생생한 희망, 거역할 기분도 나지 않는.
숙명의 모래시계가 점점 비어갈수록
내 괴로움은 더욱 심해지고 더욱 감미로웠지,
내 모든 마음은 친숙한 이 세계에서 떨어져나가고.

나는 굿 구경에 안달하는 어린애와 같아서,
남들이 장애물을 증오하듯 장막을 증오하며……
이윽고 냉정한 진실이 드러났지:

나는 죽었는데 놀랄 것도 없고, 무서운 새벽빛이
나를 감싸고 있었지. ― 아니 무어야! 그래 이것뿐이야?
막은 걷혔고 나는 여전히 기다리고 있었지.

여 행

막심 뒤캉에게

I

지도와 판화를 사랑하는 어린아이에게
우주는 그의 광막한 식욕과 맞먹는다.
아! 세계는 등불 아래서 얼마나 큰가!
추억의 눈에 비치는 세계는 얼마나 작은가!

어느 아침 우리는 떠난다, 뇌수는 불꽃으로 가득하고,
원한과 쓰라린 욕망으로 부푼 가슴을 안고,
그리고 우리는 간다, 물결의 선율을 따라,
끝 있는 바다 위에 우리의 끝없는 마음을 흔들어 달래며.

더러는 수치스러운 조국을 벗어나는 것이 즐겁고,
더러는 제 요람의 공포를, 또 몇몇 사람들은,
한 여자의 눈에 빠진 점성가들은, 위험한 향기 낭자한
폭압의 키르케를 피해 달아나는 것이 즐겁다.

짐승으로 둔갑하진 않으려고, 허공과 빛살에,
불타오르는 하늘에 그들은 심취하니,
살을 물어뜯는 얼음, 피부에 구리를 씌우는 태양이
입맞춤의 자국들을 천천히 지운다.

그러나 참다운 여행자는 오직 떠나기 위해
떠나는 자들. 마음 가볍게, 기구와 같이,
제 몫의 숙명에서 결코 비켜나지 못하건만,
까닭도 모르고 노상 말한다, 가자!

그들의 욕망은 구름의 모습,
대포를 꿈꾸는 신병과 같이, 그들이 꿈꾸는 것은,
어느 인간의 정신도 여태 그 이름을 알지 못한,
저 변덕스러운, 미지의 광막한 쾌락!

II

우리가 흉내내는 것은, 무섭도다! 춤추는 팽이와
튀어오르는 공, 심지어 잠자고 있을 때조차
호기심은 우리를 들볶고 우리를 굴려대니,
태양을 채찍질하는 잔인한 천사와 같구나.

얄궂은 운명, 목적지가 이리저리 움직이니
아무데도 아닌가 하면, 어디라도 될 수 있네!
희망은 결코 지칠 줄을 모르니, 인간은
휴식을 찾아 노상 미친놈처럼 달리네!

우리의 넋은 이카리아를 찾아가는 세돛대 범선,
목소리 하나가 갑판 위에 울린다, "눈을 떠라!"
망대의 목소리 하나가 열에 들떠 미친 듯 외친다,
"사랑이다…… 영광이다…… 행복이다!" 아뿔싸! 그것은
　암초!

망보는 사내가 가리키는 섬은 하나같이
운명이 약속했던 황금의 나라 엘도라도,
흥청망청 잔치판을 차리는 상상력이
아침 햇빛에 발견하는 건 숨은바위일 따름.

오 환상의 나라를 사랑하는 가엾은 사내!
저 인간을 사슬에 묶어 바다에 던져야만 할까,
그 눈의 신기루가 심연을 더욱 쓰라리게 만드는
저 주정뱅이 선원을, 아메리카의 발견자를?

늙은 방랑자도 매한가지, 진창을 밟으면서도,
코끝을 하늘로 쳐들고, 빛나는 낙원을 꿈꾼다.
촛불이 움집을 비춰주는 곳 어디에서나,
그의 홀린 눈은 카푸아를 하나씩 발견해낸다,

III

놀라운 여행자들이여! 얼마나 고결한 이야기를
우리는 바다처럼 깊은 당신들의 눈에서 읽는가!
당신들의 풍요로운 기억의 상자를 우리에게 보여주게,
별과 에테르로 만들어진 그 신기한 보석들을.

증기도 돛도 없이 여행하고 싶은 우리!
캔버스처럼 팽팽한 우리의 정신에,
수평선을 액틀 삼고 당신들의 추억을 펼쳐놓아,
우리네 감옥의 권태를 한번 흥겹게 하시게.

말하게, 당신들이 본 것은 무엇인지?

VI

　　　　　"우리는 보았네,
별과 물결을, 우리는 보았네, 모래밭도,
숱한 충격과 뜻하지 않은 재변에도 불구하고,
우리는 자주 권태로웠네, 여기서처럼.

보랏빛 바다 위 태양의 광휘가,
저무는 햇빛 속 도시의 광휘가,
우리의 가슴속 불안한 열정에 불을 붙여,
매혹적인 석양빛 하늘에 잠겨들고만 싶었네.

그지없이 호화로운 도시도, 그지없이 웅장한 풍경도,
우연이 구름으로 만들어내는 풍경의
저 신비로운 매력을 지니지는 못했고,
욕망은 줄기차게 우리를 안달하게 하였지!

— 향락은 욕망에 힘을 덧붙여주기 마련이라.
욕망아, 쾌락을 거름 삼아 자라는 늙은 나무야,
네 껍질은 두꺼워지고 단단해지건만,
네 가지들은 태양을 더 가까이서 보려 하는구나!

너는 사뭇 커지기만 하는가, 사이프러스보다
더 검질긴 거목아! — 그러나 우리는 정성을 바쳐,
그대들의 게걸스러운 앨범을 위해 크로키 몇 장을
　채집했다네,
먼 데서 온 것이라면 무엇이고 아름답다 여기는 형제들이여!

코끼리 코가 달린 우상에,
찬란한 보석 아로새긴 옥좌에 우리는 절을 올렸지,
그 으리으리한 마경으로 자네들 금융가들에게
파산의 꿈을 안길 저 공들여 세운 궁전에도.

보는 눈에 도취를 하나씩 안겨주는 의상들,
이빨과 손톱을 물들인 여인들,
뱀의 애무를 받는 공교로운 마술사들."

V

그리고, 그리고 또?

VI

"오 어린아이 같은 뇌수들이여!

가장 중요한 일을 잊기 전에 말하자면,
우리는 도처에서 보았다네, 애써 찾은 것도 아니지만,
숙명의 사닥다리 그 꼭대기에서 바닥까지,
불멸의 죄악이 걸린 그 권태로운 광경을.

여자, 비루하고, 교만하고 어리석은 노예,
웃지도 않고 저를 숭배하고, 혐오감도 없이 저를 사랑하고,
남자, 게걸스럽고, 방탕하고, 가혹하고, 욕심 많은 폭군,
노예 중의 노예이자 수채 속의 구정물,

즐기는 망나니, 흐느끼는 순교자,
피가 양념을 치고 향을 뿌리는 잔치,
전제군주를 거세하는 권력의 독약과
바보 만들기 채찍에 기꺼워하는 백성들,

우리네 종교와 매한가지로
저마다 하늘로 기어오르는 이런저런 종교들,
괴팍한 사내 깃털 이불에서 뒹굴듯,
못과 말총에서 기쁨을 찾는 성덕,

수다스럽고, 제 재간에 취한 인류,
옛날에 어리석었듯 지금도 어리석어,
그 노기등등한 단말마에 빠져서 신에게 외치는 말이,
'오 내 동류, 내 주여, 나는 그대를 저주하노라!'

그리고 덜 어리석은 자들, 광우(狂愚)의 대담한 애인들은,
운명의 울에 갇힌 큰 무리 양떼를 피해,
그지없는 아편 속으로 도피하였더라!
— 이것이 온 지구의 변함없는 보고서라네."

VII

쓰디쓴 지식, 여행에서 끌어내는 지식이 이렇구나!
단조롭고 조그만 세계는, 오늘도, 어제도,
내일도, 언제나, 우리의 모습을 우리에게 보여준다,
권태의 사막에 파인 공포의 오아시스 하나를!

떠나야 하나? 머물러야 하나? 머무를 수 있으면 머물러라.
떠나야 한다면 떠나라, 누구는 달리고 누구는 웅크리니,
눈 부릅뜨고 지키는 불길한 적, 시간을 속이기 위함이라!
딱하다! 저 방랑의 유태인처럼, 저 사도들처럼,

한시도 쉬지 않고, 달리는 사람들이 있건만,
이 야비한 투망꾼을 벗어나기에는 수레도 배도,
어느 것도 충분치 않은데, 제 요람을 떠나지 않고도
그를 죽일 줄 아는 사람들이 있구나.

마침내 그가 우리 등뼈 위에 발을 디디면,
우리는 희망을 품고 외칠 수 있으리라, 앞으로!
옛날에 우리가 중국을 향해 떠났던 것처럼,
눈은 난바다를 응시하고, 머리카락은 바람에 휘날리며,

우리는 어둠의 바다를 향해 돛을 올리리라,
젊은 나그네의 환희에 찬 마음으로.
저 목소리 들리는가? 매혹적이면서도 불길한
그 소리 노래한다, "이리로 오라! 향기로운 로터스가

먹고 싶은 사람들아! 그대들의 마음이 굶주려 찾는
그 기적의 열매를 거둬들이는 곳이 바로 여기,
어서 오라, 언제까지나 끝나지 않는 이 오후의
이상한 감미로움에 취하라."

그 귀에 익은 목소리에 우리는 망령을 알아챘다.
우리의 필라데스들이 저기서 우리에게 팔을 내민다.
"당신의 가슴을 식히려면 당신의 엘렉트라에게 헤엄쳐
　오시라!"
지난날 우리가 그 무릎에 입맞추던 여자가 말한다.

VIII

오 죽음아, 늙은 선장아, 때가 되었다! 닻을 올리자!
우리는 이 나라가 지겹다, 오 죽음아! 출항을 서둘러라!
하늘과 바다가 비록 잉크처럼 검더라도,
네가 아는 우리 가슴은 빛살로 가득차 있다!

네 독을 우리에게 부어 우리의 기운을 북돋아라!
이 불꽃이 이토록 우리의 뇌수를 태우니,
지옥이건 천국이건 무슨 상관이냐? 저 심연의 밑바닥에,
저 미지의 밑바닥에 우리는 잠기고 싶다, 새로운 것을 찾아서!

악의 꽃

[1868년 제3판에서 가져온 시편들]

처벌당한 책을 위한 에피그라프

평화롭고 목가적인 독자여,
검소하고 질박한 선인이여,
집어던져라, 술판이나 벌이는
이 우울한 토성인의 책을.

교활한 학장 사탄에게서
너의 수사학을 배워두지 않았다면,
집어던져라! 넌 아무것도 이해하지 못하거나
날 히스테리 환자로 여길 터이니;

그러나 매혹되지는 않더라도
너의 눈이 심연 속에 잠길 수만 있다면,
읽어라, 그래서 날 사랑하는 법을 배워라;

고통을 견디며 네 낙원을 찾아가는
호기심 많은 혼이여.
나를 가엾게 여기라! ……아니라면, 내 저주를 받으라!

슬픈 마드리갈

네가 영리한들 내게 무슨 상관이냐?
예쁘기만 해라! 슬프기만 해라! 눈물은
얼굴에 매력을 덧붙여주지,
강물이 풍경에 그러하듯;
소나기가 꽃들을 더 젊게 하고.

나는 너를 사랑하지, 특히 주눅든
네 이마에서 기쁨이 달아날 때;
네 마음이 공포 속에 잠길 때;
지난날의 무서운 구름이
네 현재 위에 펼쳐질 때.

나는 너를 사랑하지, 너의 큰 눈이
피처럼 뜨거운 눈물을 쏟을 때;
너를 흔들어 재우는 손도 소용없이
너의 고뇌, 너무 무거워,
단말마의 헐떡임처럼 뚫고 나올 때.

거룩한 관능의 쾌락이여!
깊은, 감미로운 찬가여!
네 가슴의 모든 흐느낌을 들이마시며,
네 마음은 네 눈에서 쏟아지는
진주로 빛난다고 나는 믿는다.

II

나는 안다, 뿌리 뽑힌 옛사랑에
목메는 너의 마음은
아직도 용광로처럼 불타오르고,
너는 네 젖가슴 아래 저주받은 자들의
한 가닥 자부심을 품고 있지.

그러나 내 사랑아, 네 꿈이
지옥을 반사하지 않는다면,
끊임없는 악몽 속에서
화약과 강철에 혹해
독약과 비수를 꿈꾸며,

누구에게나 떨면서만 문을 열고,
어디서나 불행을 읽어내고,
시간이 울릴 때마다 경련하며,
저항할 수 없는 혐오의
포옹을 느끼지 않는다면,

겁을 먹고만 나를 사랑하는
노예 여왕아, 불건강한 밤의 공포 속에서,
혼이 비명으로 가득차서,
너는 내게 말할 수 없으리라:
"나는 당신과 똑같아요, 오 나의 왕이시여!"

어느 이교도의 기도

아! 그 불꽃 늦추지 말라;
마비된 내 가슴을 다시 데워달라,
혼들의 고문자, 관능이여!
여신이여! 내 소원을 풀어달라!

공중에 퍼져 있는 여신이여,
우리 지하의 불꽃이여!
청동의 노래 한 곡 네게 바치는
기다리다 지친 이 넋의 소원을 풀어달라.

관능이여, 여전히 나의 여왕이 되어달라!
살과 비로드로 만들어진
사이렌의 가면을 써달라,

아니 너의 무거운 잠을 내게 퍼부어달라,
형체 없는 그 신비로운 술에 담아,
관능이여, 탄력 있는 유령이여!

반역자

성난 천사가 하늘에서 독수리처럼 덮쳐들어,
불신자의 머리칼을 한 움큼 쥐어 잡고,
뒤흔들며 말한다: "네게 율법을 가르쳐주마!
(나는 네 수호천사니까, 알겠느냐?) 암, 가르쳐야지!

예수가 지나가실 때, 너의 애덕으로
승리의 양탄자를 깔아드리려면,
빈자도, 악인도, 불구자도, 바보도
얼굴 찌푸리지 말고 사랑할 줄 알아야지.

그것이 바로 사랑! 너의 심장이 마비되기 전에,
신의 영광에 내 황홀한 마음 다시 불붙여라,
그거야말로 그 매력이 식지 않는 참된 쾌락이다!"

그리고 천사는 사랑하는 만큼 벌을 주며,
그 거인의 주먹으로 파문당한 자를 괴롭히건만,
영벌 받은 자는 한결같이 대답한다: "나는 싫소!"

286

경고자

인간이란 이름에 값하는 자는 누구나
가슴에 노란 뱀이 한 마리씩 들어 있어,
놈이 옥좌에라도 앉은 듯 도사리고 앉아,
인간이 "하고 싶다" 말하면 "안 돼"라고 대답한다.

숲 요정이나 물 요정의
고정된 두 눈에 네 눈을 담가보라,
이빨이 말한다: "너의 의무를 생각하라!"

아이를 낳아라, 나무를 심어라,
시구를 다듬고, 대리석을 쪼아라,
이빨이 말한다: "네가 오늘 저녁에도 살아 있을까?"

무엇을 구상하건 무엇을 바라건,
이 견딜 수 없는 살무사의
경고를 받지 않고는
한순간도 인간은 살 수 없다.

명상

얌전해져야지, 오 나의 고통아, 더 조용해져야지.
네가 저녁을 불러대더니, 이제 어둠이 내린다, 저길 보아라,
어두운 대기가 거리를 에워싸고, 어떤 사람들에게는 평화를,
또다른 사람들에게는 근심을 가져다주는구나.

죽어갈 인간들의 천한 무리가
인정머리 없는 저 망나니, 쾌락의 채찍에 몰려,
예종의 잔치판으로 후회를 주우러 가는 동안,
나의 고통아, 내 손을 잡아다오, 그들을 멀리 떠나,

이리 오너라. 보이지 않느냐, 죽은 세월들이
하늘의 발코니에서 해묵은 옷을 입고 굽어보고 있구나,
미소 짓는 회한이 강물 깊은 곳에서 솟아오르는구나,

빈사의 태양이 무지개다리 아래서 잠드는구나,
들리지 않느냐, 사랑스러운 고뇌야, 들리지 않느냐,
동방에까지 끌리는 긴 수의처럼, 다정한 밤이 걸어오는구나.

뚜껑

가는 곳이 어디건, 바다 위건 땅 위건,
화염의 기후 아래나 백열의 태양 아래나,
예수의 신도도 키티라의 시종도
어두운 걸인이건 번쩍이는 크로이소스건,

도시민도 시골뜨기도 떠돌이도 붙박이도,
그 작은 뇌수가 민활하건 느리건,
어디서나 인간은 신비의 공포를 참아내며,
떨리는 눈으로만 높은 곳을 바라본다.

저 높은 곳엔, 하늘! 숨막히는 이 토굴 벽,
익살 광대가 저마다 피투성이 땅을 밟는
오페라부파를 위해 환하게 불 밝힌 천장,

자유인의 공포이자 은둔 수도사의 희망,
하늘! 눈에 보이지도 않으면서 광막한
인류가 끓어오르는 거대한 솥의 검은 뚜껑.

모욕당한 달

오 우리 선조들이 조심스럽게 숭배하던 달아,
별들이 맵시 있게 장식하고 너를 뒤따르는
푸른 나라들 높은 곳의 빛나는 궁전에서,
내 오랜 신시아, 우리 소굴의 등불아,

너는 보고 있느냐, 복 받은 작은 침대에서, 자면서도
그 입의 싱싱한 칠보를 드러내 보이는 연인들을?
제 일거리에 이마를 찧는 시인을?
혹은 마른 잔디 아래서 흘레붙는 살무사들을?

그 노란 도미노를 입고, 은밀한 발걸음으로,
너는 옛날처럼 저녁부터 아침까지,
엔디미온의 해묵은 매력에 입맞추러 가느냐?

"─나는 네 어머니를 본다, 이 초라해진 세기의 아들아,
한 더미 무거운 세월을 거울에 기울이고,
너를 길러낸 젖가슴에 솜씨 좋게 분 바르고 있구나!"

심연

파스칼은 그에게 붙어다니는 그 나름의 심연이 있었다.
— 오호라! 모든 것이 구렁텅이, 행동도, 욕망도, 꿈도,
말도! 그래서 곤두서는 내 털 위로 수수 번
지나가는 공포의 바람을 느낀다.

높은 곳, 낮은 곳, 어디에나 깊은 구렁, 모래톱,
침묵, 무섭고 마음 휘어잡는 공간⋯⋯
내 암야의 밑바닥마다 신이 그 능란한 손가락으로
악몽 하나씩을 형태도 다양하게 끊임없이 그려낸다.

잠이 두렵다, 막연한 공포 가득하고,
어디로 빠지는지 알 수도 없는 거대한 구멍이 두렵듯;
어느 창으로나 볼 수 있는 것은 무한뿐이니,

늘상 현기증이 찾아드는 내 정신은
허무의 무감각 상태를 부러워한다.
— 아! 수와 존재에서 결코 빠져나올 수 없으리라!

어느 이카로스의 한탄

창녀들의 애인들은
행복하다, 팔팔하고 배부르고,
나로 말하면, 구름을 껴안으려다
두 팔이 부러졌다.

불타버린 내 두 눈이
태양의 추억밖엔 볼 수 없는 것은
하늘 저 깊은 바닥에서 타오르는
비길 데 없는 별들의 덕택.

내 부질없이 저 허공의
끝과 중심을 찾으려다가,
알 수 없는 불꽃의 눈에 부딪혀
날개가 이렇게 부서지는구나.

아름다움을 사랑하다가 불타버리니,
나는 끝내 내 무덤 노릇을 할
심학(深壑)에 내 이름을 붙인다는
영예조차 얻지 못하리.

한밤의 검토

벽시계가 자정을 알리며,
달아나는 하루로 우리가
무얼 했는지 돌이켜보라고
빈정거리며 우리를 다그친다.
— 오늘, 운명의 날,
금요일에 13일, 우리는
뻔히 알면서도
이단자나 가는 길을 따라갔다.

우리는 예수를 모독했다,
신들 중에 가장 확실한 신을!
어떤 괴물 크로이소스의
식탁에 빌붙은 식객처럼
우리는 짐승의 비위를 맞추려고
마귀들의 훌륭한 신하가 되어,
우리가 사랑하는 것을 모욕하고
역겹게 구는 것에 아첨했다;

비굴한 망나니가 되어, 억울하게
멸시받는 약자를 서럽게 하고,
거대한 어리석음, 황소 이마의
어리석음을 경배하고,
크나큰 신앙심으로
우둔한 물질에 입맞추고,
거기에 더하여 부패의
희미한 빛을 찬미했다.

마침내, 우리는, 현기증을
착란 속에 빠뜨리려고,
음산한 것들에의 도취를
과시하는 것이 자랑인
리라의 오만한 사제, 우리는
갈증 없이 마시고 허기 없이 먹었구나!⋯⋯
— 어서 등불을 끄자, 우리 몸
어둠 속에 감추기 위해!

여기서 아주 먼

이곳이 신성한 오두막,
너무 곱게 단장한 이 처녀가
조용하게 늘 채비를 하고

한 손으로 젖가슴에 부채질하고
방석에 팔꿈치를 괴고,
수반에 떨어지는 물소리 듣고 있네:

이곳이 도로테의 방.
— 멀리서 산들바람과 물이
거칠게 흐느끼는 노래 불러
응석받이 이 여자아이 얼러 재우네.

머리에서 발끝까지 갖은 정성 다해서,
향긋한 기름과 안식향을
그 고운 살결에 문질러 발랐네.
— 꽃 몇 송이 한구석에서 넋을 잃네.

떠다니던 시편들

1

낭만파의 지는 해

태양은 아주 싱그럽게 솟아오를 때 얼마나 아름다운가,
우리에게 아침 인사를 던지는 한 번의 폭발 같구나!
한 자락 꿈보다 더 영예로운 그 지는 해에
사랑으로 인사할 수 있는 자 행복하도다!

나는 기억한다! ……모든 것이, 꽃, 샘물, 밭고랑이
그 눈길 아래 파닥거리는 심장처럼 기절하는 것을 보았지……
— 지평선으로 달려가자, 늦었다, 빨리 달려가자,
하다못해 기울어진 빛살 하나라도 붙잡으려면!

그러나 물러가는 신을 내 쫓아가다니 부질없다;
막아낼 수 없는 밤이 제 왕국을 세운다,
검고 축축하고 불길하고 전율 가득한;

무덤 냄새 한줄기 어둠 속에 헤엄치고,
늪가에서 내 겁먹은 발에
예측 못한 두꺼비와 차가운 달팽이가 밟힌다.*

* '시인이라는 흥분하기 쉬운 종내기(Genus irritabile vatum)'라는 말은 고
전파, 낭만파, 사실파, 기교파······ 등등의 논쟁 이전의 시대에 만들어진
말이다. "막아낼 수 없는 밤"이라는 말로 샤를 보들레르 씨는 문학의 현
재 상태를 특징짓고자 했으며 "예측 못한 두꺼비"와 "차가운 달팽이"가
그의 유파에 속하지 않는 작가들인 것이 분명하다.
　　이 소네트는 1862년에, 샤를 아슬리노 씨의 미출간서, 『낭만파의 작
은 서가에서 뽑은 잡록』의 에필로그로 사용하기 위해 쓴 것이며, 이 책
의 프롤로그로는 테오도르 방빌 씨의 「낭만파의 뜨는 해」가 예정되어
있었다.
　　(이하 『떠다니던 시편들』의 모든 주석은 보들레르가 간행자 오귀스
트 풀레말라시와 함께 작성한 것이다.)

『악의 꽃』에서 삭제된 금지 시편들

2

레스보스*

라틴의 유희와 희랍의 쾌락을 낳은 어머니,
레스보스, 그 입맞춤은 나른하거나 상쾌하고,
태양처럼 뜨겁고, 수박처럼 신선하여,
영롱한 밤과 낮을 장식하지,
라틴의 유희와 희랍의 쾌락을 낳은 어머니.

레스보스, 그 입맞춤은 폭포와 같아,
바닥 모를 심연에 겁도 없이 뛰어들어,
흐느끼고 낄낄대며, 요동치고 달려가지,
격렬하고도 은밀하게, 득실거리면서도 그윽하게.
레스보스, 그 입맞춤은 폭포와도 같아!

레스보스, 거기선 프리네들이 서로 끌어당기고,
단 한 번도 메아리 없이 끝나는 한숨이 없고,
파포스 못지않게 별들이 너를 찬양하니,
비너스가 모름지기 사포를 시샘해도 좋은 곳!
레스보스, 거기선 프리네들이 서로 끌어당기고,

* 이 작품과 뒤따르는 다섯 작품은 1857년 형사합의법원에 의해 유죄선
고를 받아 시집 『악의 꽃』에 다시 수록될 수 없다.

레스보스, 뜨겁고 나른한 밤의 땅,
불모의 쾌락! 거울 앞에서
눈이 퀭한 처녀들은 제 몸이 사랑스러워,
그 꽃다운 나이 무르익은 열매를 쓰다듬네,
레스보스, 뜨겁고 나른한 밤의 땅,

늙은이 플라톤이 근엄한 눈살 찌푸려도,
너는 용서를 끌어낸다, 넘쳐나는 입맞춤에서,
언제까지나 바닥나지 않을 세련된 품새에서,
사랑홉고 고상한 땅, 정 많은 제국의 여왕이여,
늙은이 플라톤이 근엄한 눈살 찌푸려도.

그 영원한 수난에서 너는 용서를 끌어낸다,
다른 하늘가에서 아슴푸레 엿본
빛나는 미소에 끌려 우리들에게서 멀어지는
네 야심 찬 가슴에 쉴 틈 없이 몰아치는
그 영원한 수난에서 너는 용서를 끌어낸다!

어느 신이 감히, 레스보스여, 너의 판관이 되어
고난 속에 파리해진 네 얼굴을 벌하랴,
너의 냇물들이 바다에 퍼부은 눈물의
홍수를 황금 저울로 달아보지 않고는?
어느 신이 감히, 레스보스여, 너의 판관이 되랴?

의와 불의의 율법이 우리를 어찌하겠는가?
다도해의 자랑, 마음이 숭고한 처녀들아,
너희의 종교도 여느 종교나 다름없이 고귀하니,
사랑이 지옥과 천국을 웃음에 부치리라!
의와 불의의 율법이 우리를 어찌하겠는가?

레스보스가 이 땅의 모든 이들 가운데 나를 골라
제 꽃핀 처녀들의 비밀을 노래하게 하였으니,
나 또한 어린 시절부터 어두운 눈물과 뒤섞인
막을 길 없는 웃음의 검은 신비에 입문하였으니,
레스보스가 이 땅의 모든 이들 가운데 나를 골라.

그때부터 내가 레우카디아의 정상에서 망을 보는 것은,
눈초리도 예리하고 어김없는 파수병이,
저 멀리 창공에 가물가물 그 모습 떠오르는
외돛대, 쌍돛대, 세돛대 범선을 밤낮으로 살피듯,
그때부터 내가 레우카디아의 정상에서 망을 보는 것은,

바다가 너그럽고 순탄한지 어쩐지 알기 위함이라,
바위가 되울리는 흐느낌들 속에서
어느 저녁이, 용서하는 레스보스 쪽으로,
사포의 경애하는 시체를 다시 데려오려는가,
바다가 너그럽고 순탄한지 어쩐지 알기 위해 떠난 그녀!

연인이자 시인, 사내 같은 사포의 시체,
침울한 듯 하얀 얼굴로 비너스보다 더 아름다웠지!
—고뇌로 그려진 어두운 그늘 둥글게 내려앉은
그 검은 눈에 여신의 하늘색 눈이 빛을 잃었지,
연인이자 시인, 사내 같은 사포의 눈!

— 세상을 딛고 선 비너스보다 더 아름답던,
자기 딸에게 매혹된 늙은 대서양에
제 평온한 마음의 보물과
제 금발머리 청춘의 광휘를 쏟아부으며,
세상을 딛고 선 비너스보다 더 아름답던!

— 그 신성모독의 날에 죽은 사포,
조작된 의식과 예배를 무시하고,
오만하게 불경을 벌하는 한 짐승의
마지막 먹이로 제 육체를 바쳤던
그 신성모독의 날에 죽은 그녀!

레스보스가 슬피 우는 것은 그날 이후,
온 세계가 저에게 바치는 경의에도 아랑곳없이,
황량한 해변이 하늘을 향해 내지르는
폭풍의 아우성에 밤마다 도취하여,
레스보스가 슬피 우는 것은 그날 이후!

3

영벌 받은 여인들

델핀과 이폴리트

나른한 등불의 창백한 빛을 받으며,
향내 고루 배어든 포근한 방석 위에서,
제 젊은 순결의 막을 걷어올릴
힘찬 애무를 이폴리트는 꿈꾸었다.

그녀는 찾고 있었다, 태풍에 흐려진 눈으로,
제 순진무구함에서 벌써 멀어진 하늘을,
아침을 지난 푸른 지평선 쪽으로
머리를 돌리는 나그네처럼.

맥없는 두 눈의 게으른 눈물,
지친 품새, 멍한 얼굴, 침울한 쾌락,
패배하여, 헛된 무기처럼 팽개쳐진 두 팔,
모든 것이 그 가냘픈 아름다움을 북돋우고 장식했다.

그 발치에 조용히 기쁨에 겨워 누워 있는
델핀은 타오르는 눈으로 그녀를 감싸안았다,
제 먹이를 이빨로 우선 표시해두고
감시하는 억센 동물처럼.

연약한 아름다움 앞에 무릎 꿇은 강한 아름다움,
당당하게, 그녀는 제 승리의 술을
쾌감에 젖어 마시고, 다른 미녀 쪽으로 몸을 뻗었다,
상냥한 사례의 말이라도 거두어들이려는 듯.

그녀는 제 창백한 먹이의 눈 속에서,
쾌락이 노래하는 말없는 찬가와
눈꺼풀에서 긴 한숨처럼 흘러나오는
무한하고 지고한 감사의 표시를 찾았다.

—"이폴리트, 귀한 사람아, 어떻게 생각해?
네 첫 장미들을 시들게 할지도 모르는
저 사나운 바람에 그 성스러운 제물을
바칠 수는 없다는 것을 이제 알겠지,

내 입맞춤은 저녁마다 저 거대하고 투명한
호수를 어루만지는 하루살이처럼 가벼운데,
네 남자 애인의 입맞춤은 바퀴 자국을 내겠지,
짐마차나 땅을 찢는 보습처럼,

그 입맞춤은 무자비한 발굽의 무거운 한 쌍
마소처럼 네 몸을 밟고 지나가겠지……
이폴리트, 오 내 동생아! 그러니 네 얼굴을 돌려라
너, 내 혼이자 내 심장, 내 모든 것이자 내 반쪽,

푸른 하늘과 별들 가득한 네 눈을 내게로 돌려라!
거룩한 향유, 그 매혹적인 눈길 가운데 하나를 위해,
나는 더욱 은밀한 쾌락의 베일을 들어올리고
끝없는 꿈속에 너를 잠재우련다!"

그러나 이폴리트는 그 말에 젊은 얼굴을 들어올리고:
—"나는 은혜를 모르지도 후회하지도 않아,
나의 델핀, 고통스럽고 불안해,
끔찍한 야식을 끝내고 난 다음처럼.

무거운 공포와 흩어진 유령들의 검은 부대가
나에게 덮쳐들어, 사방이 피투성이
지평선으로 막혀 요동치는 길로
나를 끌고 가려는 것만 같아.

우리가 이상한 짓이라도 저지른 거야?
내 불안과 공포를 설명할 수 있다면 설명해줘:
언니가 날 '내 천사!'라고 부르면, 나는 무서워 떨면서도
내 입술이 언니한테로 가는 것만 같아.

그런 눈으로 날 보지 마, 언니, 내 생각인 언니!
내가 언제까지나 사랑하는 당신, 내가 선택한 언니,
설사 언니가 내 앞에 설치된 함정이고
내 파멸의 시작이라 할지라도!"

델핀은 그 비극적인 갈기를 흔들며,
마치 삼각 철 의자 위에 발을 구르듯,
피할 수 없는 눈길에 포학한 목소리로 대답한다:
— "대체 누가 사랑을 앞에 두고 감히 지옥을 말하는가?

풀 수 없는 불모의 문제에 정신이 빠져,
그 우둔함을 둘러쓰고, 맨 처음
사랑의 문제에 정숙을 끌어넣으려 했던 자,
부질없는 몽상가에게 영원히 저주 있으라!

그림자와 햇볕을, 밤과 낮을
무슨 신비로운 화음에 싸서 결합하려는 자는
사랑이라 부르는 이 붉은 태양 아래서도
제 마비된 육체를 결코 따뜻하게 하지 못하리라.

원한다면 가보아라, 우둔한 약혼자를 찾으러 가라,
어서 달려가 그 사나운 입맞춤에 네 순결한 마음을 바쳐라,
그리곤 후회와 두려움 가득 안고, 창백한 얼굴로
네 상처 난 젖가슴을 내게로 다시 가져오겠지……

이 세상에서는 오직 한 주인밖에 만족시킬 수 없어!"
그러나 소녀는 한없는 고통을 토로하며,
갑자기 소리쳤다: "— 내 몸안에서 입 벌린 나락이
커져가는 것만 같아, 이 나락이 내 마음이야!

화산처럼 타오르고, 허공처럼 깊어!
어느 것도 이 신음하는 괴물의 허기를 채울 수 없고,
손에 횃불을 들고 피까지 태우는
에우메니데스의 갈증을 풀어줄 수는 없을 거야.

우리의 커튼이 굳게 닫혀 세상과 우리를 갈라놓고,
나른한 피로가 휴식을 가져왔으면!
언니의 깊은 유방 속으로 사라져
그 가슴에서 무덤의 시원함을 찾아내고 싶어!"

내려가라, 내려가라, 애처로운 제물들아,
영원한 지옥의 길로 내려가라!
심연의 가장 깊은 바닥에 잠겨라, 하늘에서
부는 것도 아닌 바람에 채찍질을 당하는

모든 죄인들이 뇌성을 치며 뒤죽박죽 끓는 그곳.
미친 망령들아, 너희 욕망의 종착지로 달려가라,
결코 너희는 그 격정을 채울 수 없을 테니,
너희의 쾌락에서 너희의 징벌이 태어나리라.

단 한 번 한줄기 신선한 빛도 너희 동굴을 비춘 적 없으니,
여기저기 벽의 틈새로 뜨거운 장기(瘴氣)들이
등불처럼 타오르며 새어들어와,
그 고약한 향기로 너희 몸에 배어든다.

너희 향락의 가혹한 불모로
너희 갈증은 더욱 심해지고 너희 피부는 굳어질 것이니,
정욕의 광포한 바람에
너희 육체는 낡은 깃발처럼 삐걱거린다.

살아 있는 사람들을 멀리 떠나, 헤매는 너희,
영벌 받은 여자들아, 사막을 가로질러 이리처럼 달려가라;
너희 숙명을 다하고, 문란한 혼들아,
너희들이 품고 가는 무한을 피하거라!

레테

오라 내 가슴 위로, 잔인하고 귀먹은 넋아,
사랑하는 호랑이, 무심한 얼굴의 괴물아,
네 무거운 갈기 그 무성함 속에
이 떨리는 손가락을 오래오래 적시고,

너의 체취 가득 밴 그 치마에
번민하는 이 머리를 파묻어,
죽은 내 사랑의 달콤한 군내를,
시든 꽃처럼 들이마시고 싶구나.

자고 싶어라! 살기보다는 차라리 자고 싶어라!
죽음같이 아늑한 잠에 빠져,
청동처럼 매끈한 네 아름다운 몸 위에
내 입맞춤을 미련 없이 펼치리라.

내 흐느낌을 가라앉혀 삼켜버리기로는
네 잠자리의 심연을 이길 것이 없으니,
강력한 망각이 네 입술에 깃들고,
레테강이 네 입맞춤을 따라 흐른다.

이제는 내 열락일 내 운명에,
나는 숙명 지어진 인간처럼 따르리라,
열정이 형벌에 불을 지르는
온순한 순교자, 죄 없는 수형자,

나는 내 원한을 빠뜨리기 위해
네펜테스와 맛있는 독 당근을 빨리라,
심장 하나 담아본 적 없는
뾰족한 네 젖가슴의 매혹적인 꼭지에서.

너무 쾌활한 그녀에게

네 머리, 네 몸짓, 네 품새는
아름다운 풍경처럼 아름다워,
웃음이 네 얼굴에서 희살 짓는다,
맑은 하늘의 시원한 바람처럼.

우울한 행인도 네가 스치면
네 두 팔과 두 어깨에서
빛처럼 솟아오르는
건강에 눈이 부시다.

네가 몸단장에 뿌려놓는
낭랑한 색깔들은
시인의 정신에 꽃들이 벌이는
발레의 이미지를 던진다.

이 들뜬 의상은
아롱다롱한 네 정신의 엠블럼,
나를 미치게 한 미치광이야,
나는 너를 사랑하는 만큼 미워한다!

때로는 내 무기력함을 끌고 가던
아름다운 정원에서
태양이 내 가슴을 찢는 것이
무슨 아이러니처럼 느껴지고,

봄과 녹음이
내 마음을 그리도 모욕하니
한 송이 꽃을 꺾어 나는
자연의 무심함을 벌주기도 했다.

이와 같이 나는 어느 날 밤
쾌락의 시간이 울릴 때,
네 몸의 보물을 향해,
겁쟁이처럼 소리 없이 기어가,

네 즐거운 육체를 벌주고,
허락된 네 젖가슴을 멍들게 하고,
놀란 네 허리에
넓고 깊은 상처를 내고만 싶다.

그리고, 현기증나는 감미로움이여!
한결 더 눈부시고 한결 더 아름다운
네 새로운 입술 사이로
내 독을 붓고 싶구나, 내 누이야!*

* 판사들은 마지막 두 연에서 유혈적이면서도 동시에 음란한 의미를 찾
  을 수 있다고 생각했다. 시집의 엄숙함은 이런 따위 농담과 양립할 수
  없었다. 그러나 우울(spleen)과 우수(mélancolie)를 의미하는 독(venin)은
  형법학자들에게 너무 단순한 착상이었다.
  　그들의 매독성 해석이 그들의 양심에 내내 남아 있기를 바란다.

보석

아주 사랑하는 그녀는 벌거벗은 몸, 내 마음 알아차려,
낭랑하게 울리는 보석밖에 걸친 게 없으니,
그 폐물 호화로워, 모르의 여자 노예들
그 행복한 날에 의기양양하던 모습 그대로다.

패물들 춤추며 생생하고 조롱하는 소리 던지면,
금속과 보석으로 빛나는 이 세계가
나를 황홀로 끌어가, 나는 미치도록
소리가 빛에 섞이는 물건들을 사랑한다.

그녀는 이제 누워 내 사랑을 받아들이며,
긴 의자 위에서 편하게 미소를 보냈다,
절벽으로 솟아오르듯 그녀에게 솟아오르는,
바다처럼 깊고 감미로운 내 사랑에.

길들인 호랑이처럼 눈길을 내게 못박고,
아련히 꿈꾸는 듯 그녀는 이리저리 품새를 고치는데,
음란과 결합한 천진난만함이
그녀가 모습을 바꿀 때마다 새로운 매력을 더했고;

그 팔과 그 다리, 그 허벅지와 그 허리가
기름처럼 윤을 내고 백조처럼 물결 지으며
명철하고 차분한 내 눈앞을 지나가고,
그 배와 그 가슴, 내 포도밭의 이 포도송이들이

다가들며, 악천사들보다 더 아양을 떨어,
내 혼이 잠겨 있는 휴식을 어지럽히고,
차분하고 고독하게 앉아 있는
수정 바위에서 내 혼을 밀어뜨렸다.

어느 새로운 그림에서 안티오페의 허리와
애송이의 상체가 결합된 것을 보는 것만 같으니,
그처럼 그녀의 몸체가 골반을 돋보여주었다.
황갈색 흑갈색 낯빛에 연지분 오만하고!

— 그리고 등불은 죽기로 마음먹어,
난롯불만 홀로 방을 밝히니,
그 불길 타오르는 한숨을 내쉴 때마다,
호박빛 피부를 피로 흠뻑 적시었다.

흡혈귀의 변신

여인은 그러나, 그 딸기색 입술에서,
잉걸불 위에 앉은 뱀처럼 몸을 꼬며,
그 코르셋 쇠 살에 제 젖가슴 문지르며,
사향 냄새 고루 배어든 이 말을 흘려보냈다:
—"나는 말이야, 입술이 촉촉하고, 케케묵은 양심을
침대 바닥에서 잃어버리는 학문을 알고 있지.
나는 승승장구하는 내 가슴 위에서 온갖 눈물을 말리고,
늙은이들에게 소년들의 웃음을 웃게 한다.
베일도 없이 발가벗은 내 몸을 보는 사람에게 나는
달과 태양과 하늘과 뭇별들 노릇을 하지!
쾌락에 관해서라면, 친애하는 학자여, 내가 박사라서,
수줍고도 분방하고, 연약하면서도 강건한 내가
한 남자를 무서운 내 품에 안아 질식시킬 때나
이 상체를 물어뜯으라고 내놓을 때,
감격하여 넋을 잃는 이 보료 위에서,
무력한 천사들이 나 하나 때문에 지옥에 떨어지고 말리라!"

그녀가 내 뼈의 골수를 다 빨고 난 뒤에,
내가 사랑의 키스로 보답하려고 그녀에게 나른하게
고개를 돌렸을 때, 내 눈에 들어온 것은 오직
옆구리가 끈적거리고 온통 고름 가득한 가죽부대 하나뿐!
냉기 어린 공포 속에 두 눈을 감았다가,
생생한 빛에 다시 눈을 떴을 때,
내 옆에는, 피를 잔뜩 모아둔 것 같았던
그 기운 넘치던 마네킹은 간데없고,
해골 쪼가리들만 어지럽게 덜거덕거리며,
겨울밤 내내 쇠막대기 끝에서,
바람에 흔들거리는 바람개비나 간판의
비명소리를 제멋대로 내지르고 있었다.

사랑놀이

분수

네 아름다운 두 눈이 지쳤구나, 불쌍한 애인아!
오래오래 뜨지 말고, 그대로 있어라,
기쁨에 문득 사로잡힌
그 무관심한 태도 그대로.
속살거리며 밤이고 낮이고
입 다물 줄 모르는 분수가 안마당에서,
이 저녁에 사랑이 나를 빠뜨려놓은
황홀경을 다소곳이 지켜준다.

  포이베가 신이 나서
    제 빛깔을 뿌린
  수천 송이 꽃으로 활짝 피어나는
    한 아름 물줄기가
  넓게 퍼진 눈물의
    비처럼 내리고.

이처럼 쾌락의 타오르는 섬광이
불을 지르는 네 혼도
재빠르고 대담하게 솟구쳐오른다,
마법에 걸린 아득한 하늘로.
그리곤 네 혼은 죽어지며
서글픈 나른함의 물결로 쏟아져내려
보이지 않는 비탈을 타고
내 마음의 바닥까지 떨어진다.

　　포이베가 신이 나서
　　　제 빛깔을 뿌린
　　수천 송이 꽃으로 활짝 피어나는
　　　한 아름 물줄기가
　　넓게 퍼진 눈물의
　　　비처럼 내리고.

오 밤이 되면 그리도 아름다운 당신,
그 젖가슴에 몸을 기대고,
수반에서 흐느끼는 저 영원한 탄식을
듣고 있으면 얼마나 포근한가!
달아, 낭랑한 물아, 축복받은 밤아,
사방에서 떨고 있는 나무들아,
너희들의 순수한 우수는
내 사랑의 거울이다.

　　포이베가 신이 나서
　　　제 빛깔을 뿌린
　　수천 송이 꽃으로 활짝 피어나는
　　　한 아름 물줄기가
　　넓게 퍼진 눈물의
　　　비처럼 내리고.

9

베르트의 눈

너희들 앞에선 가장 유명한 눈도 부끄러워할 거야,
내 아이의 아름다운 두 눈아, 내가 모르는 어떤 좋은 것,
밤처럼 다정한 어떤 것이 너희들 두 눈으로 스며들고
　빠져나가지!
아름다운 두 눈아, 너희의 그 매혹적인 어둠을 내게
　부어다오!

내 아이의 커다란 두 눈아, 사랑스러운 비법아,
너희는 저 마술의 동굴을 많이도 닮았구나,
잠에 빠져 마비된 저 망령들의 무리 뒤에
알지 못할 보물들이 어렴풋이 반짝이는 곳!

내 아이의 두 눈은 어둡고 깊고 아득하고,
마치 너처럼, 무한한 밤아, 너처럼 빛들 환하고!
그것들의 불길은 사랑의 사념들, 그러나 신념이 섞여,
관능적으로 혹은 정결하게, 밑바닥 깊은 자리에서
　불타오르지.

10
찬가

아주 귀중한 그녀에게, 아주 아름다운 그녀에게,
내 가슴을 빛으로 가득 채우는
천사에게, 불멸하는 우상에게,
불멸의 경의를 바치노라!

그녀는 내 삶에 퍼져 있어,
공기 속에 배어든 소금기와 같으니,
채워지지 않는 내 혼에
영원의 맛을 붓는다.

귀중한 오두막의 공기를
향기롭게 하는 늘 신선한 향낭
밤을 새워 은밀하게 피어오르는,
잊어버린 향로,

어떻게, 부패하지 않는 사랑이여,
너를 진실로 표현할 것인가?
내 영원의 밑바닥에
보이잖게 숨어 있는 사향 알이여!

아주 귀중한 그녀에게, 아주 아름다운 그녀에게,
내 기쁨과 건강을 만드는
천사에게, 불멸하는 우상에게,
불멸의 경의를 바치노라!

한 얼굴의 약속

나는, 오 창백한 미녀야, 반궁륭형 네 눈썹을 사랑한다,
　　　어둠이 흘러내리는 것만 같은.
네 두 눈이, 아주 어둡긴 해도, 내게 불러오는 생각들은
　　　아주 불길한 것은 아니구나.

너의 두 눈, 네 검은 머리칼과, 네 탄력 있는
　　　갈기와 잘 어울리는
네 두 눈이 나른하게 내게 말한다: "유연한
　　　영감(靈感)의 애인, 우리가 당신에게

들쑤셨던 희망과 당신이 고백하는 모든 취향을
　　　만일 당신이 따르려 한다면,
당신은 우리의 진실됨을 확인할 수 있으리라,
　　　배꼽부터 허벅지까지.

당신은 제법 무거운 아름다운 두 유방 끝에서
　　　찾아내리라, 커다란 청동메달 두 개를,
반들거리는, 비로드처럼 부드러운, 수도승의 피부 같은
　　　흑갈색 배 아래서,

풍부한 머리 타래 하나를, 진정으로 저 거대한
　　　머리채의 누이인, 유연하고
곱슬곱슬한, 두터움도 너에 못잖은 머리 타래 하나를,
　　　별 없는 밤이여, 어두운 밤이여!

괴물
또는 어느 죽음님프의 파라님프

I

그대는 단연코, 내 무척 사랑하는 그대여,
뵈이요가 새싹이라 부르는 그것은 아니다.
유희, 사랑, 미식(美食)이
낡은 솥, 그대 안에서 끓어오르는구나!
그대는 이제 신선하지 않아, 내 무척 사랑하는 그대여,

내 늙은 공주여! 그러나
그대의 분별없는 카라반이
그대에게 주었지,
무척 낡은 것들
그러나 매혹하는 것들의 푸짐한 광택을.

그대의 사십 살 그 팔팔함이
단조롭다고는 보지 않아,
나는 봄의 흔해 빠진 꽃들보다,
가을이여, 그대의 과일이 더 좋아!
아니야, 그대는 결코 단조롭지 않아!

그대의 해골에는 멋이 있고
특별한 매력이 있지,
그대의 두 소금 단지, 그 움푹한 계곡에서
나는 낯선 피망을 발견한다,
그대의 해골에는 멋이 있지!

가소롭구나, 멜론과 호박의
저 우스꽝스러운 애인들이!
나는 솔로몬 왕의 쇄골보다*
그대의 쇄골이 더 좋으니,
우스꽝스러운 사내들이 불쌍하구나!

그대의 머리칼, 푸른 투구처럼,
생각도 얼굴 붉힐 줄도 모르는
여전사의 이마에 그늘 드리우고,
그러고는 뒤로 빠져 달아나는구나,
푸른 투구의 갈기처럼.

* '더러운(salé)'의 동음이의어 장난(calembour)이 아닌가! 우리는 반대 음모를 꾸미지는(cabaler) 않는다.

336

그대의 눈은 어떤 신호등
반짝이는 진흙탕과 같아서,
그대 뺨의 분가루 속에서 되살아나
한줄기 지옥의 섬광을 던지는구나!
그대의 눈은 진흙탕처럼 검구나!

그 음란함, 그 멸시로
그대의 쓰디쓴 입술이 우릴 자극하니,
그대의 입술, 그것은 에덴,
우리를 매혹하고 우리에게 충격을 준다.
저 음란함! 저 멸시!

그대의 근육질 메마른 다리는
화산 꼭대기로 기어오를 줄 아니,
백설과 빈약함에도 불구하고
가장 격렬한 캉캉을 추는구나.*
그대 다리는 근육질에 메마르고,

* 필경 이 부인의 카라반들이 지니는 어떤 특징에 대한 암시.
  프레보파라돌 씨라면 그녀가 화산 위에서 춤을 추고 있다고 경고했
  을 터이다.

그대의 피부는 늙은 헌병의 피부처럼
불타듯 뜨겁고 부드러움이 없어,
더는 땀을 모르지,
그대 눈이 눈물을 모르듯.
(그렇지만 나름대로 부드럽지!)

II

바보, 그대는 마왕에게로 곧장 가는구나!
기꺼이 나도 그대와 함께 가리라,
그 무서운 속도가
나한테 불안을 부르지만 않는다면.
그러니 가거라, 홀로, 마왕에게로!

내 허리, 내 허파, 내 오금은
저 영주에게, 마땅히 바쳐야 할
존경을 바치게 하지 않는구나.
"슬프다! 이거 정말 재난이로다!"
내 허리와 내 오금이 말한다.

마연에 내 가지 않는 게,
오! 무척이나 진지하게 마음 아프다,
그가 유황 방귀를 뀔 때, 그대가 어떻게
그 엉덩이에 입을 맞추는지 보련만,*
무척이나 진지하게 마음 아프다.

나는 무지하게 애통하다,
그대의 횃불이 아닌 것이,
그대에게 해임을 요구하는 것이,
지옥의 횃불, 내 사랑이여, 심판하시라,
내가 얼마나 애통해야 하는지,

오래전부터 나 그대를 사랑하기에,
사실 말이지, 그것도 아주 논리적으로!
악에서 육즙을 찾으려 하며,
완벽한 괴물 하나만 사랑하려 하며,
진정 그래! 늙은 괴물아, 너를 사랑해!

* 흑미사에서. 시인들은 얼마나 미신적인가!

FRANCISCÆ MEÆ LAUDES

나의 프란시스카에게 바치는 찬가

[126페이지 참조.]

에피그라프

오노레 도미에 씨의 초상화에 붙일 시구*

우리가 그대에게 그림으로 보여주려는 이,
모든 예술에서도 그의 예술이 정교한데,
그이는 우리에게 스스로 비웃는 법을 가르치니,
그이는, 독자여, 현자다.

그는 풍자 작가, 야유의 대가,
그러나 악과 그 일당을 그리면서
그가 바치는 그 열정은
그 마음의 아름다움을 증명한다.

그의 웃음은 멜모트나 메피스토가
알렉토의 횃불 아래서 짓는 찡그림이 아니다,
그들은 불태우고
우리는 얼어붙게 하는 그 횃불 아래서.

* 이 스탕스는 도미에 씨의 한 초상화에 붙이기 위해 집필되었다. 이 초
상화는 파스칼 씨의 주목할 만한 기념 메달을 본떠 판각되었으며, 샹프
뢰리 씨의 책『만화의 역사』제2권에 복각된 바, 여기서 저자는 자신에
게 익숙한 열정적 이성으로 만화의 정당성을 인정했다.

그들이 짓는 저 쾌활의 웃음은
고통스러운 임무일 뿐이나,
그의 웃음은 진솔하고 활달하게 빛살 펼치니,
그 선의의 표지와 같도다.

롤라 드 발랑스*

어디서나 볼 수 있는 그 많은 미녀들 가운데
내가 제법 아는 것은 욕망이 이리저리 흔들린다는 것,
그러나 장밋빛 검은빛 보석의 기대 넘치는 매력이
롤라 드 발랑스에게서 반짝이는 모습 눈에 선하지.

* 이들 시구는 스페인의 발레리나 롤라 양의 비범한 초상화에 설명문으로 쓰기 위해 집필되었다. 에두알 마네 씨가 그린 이 초상화는 이 화가의 다른 모든 그림처럼 추문을 일으켰다. — 샤를 보들레르 씨의 뮤즈는 전반적으로 수상해서, "장밋빛 검은빛 보석"에서 외설스러운 의미를 끌어내는 술집 비평가들이 나타났다. 시인은 단순히 한 미인이, 동시에 어둡고도 경쾌한 성격으로, "장밋빛"과 "검은빛"의 결합을 꿈꾸게 했음을 말하려 한 것이라고 우리는 믿는다.

외젠 들라크루아의 〈감옥의 타소〉에 관해

지하 감방의 시인, 헐벗고 병들어서,
경련하는 그 발밑에 수고 쪼가리를 굴리며,
제 혼이 끝없이 떨어져 내리는 현기증의 계단을
공포에 불타오르는 눈으로 재어본다.

감옥을 가득 채우는 광란의 웃음이
낯선 것, 터무니없는 것 쪽으로 그의 이성을 부른다;
의혹이 그를 둘러싸고, 우스꽝스럽고 흉측하고
들쭉날쭉한 공포가 그의 주변을 떠돈다.

지저분한 방에 갇힌 이 천재,
이 일그러진 얼굴들, 이 비명, 그의 귓등에서
소란을 떨며 벌떼처럼 소용돌이치는 이 유령들,

제 처소가 무서워 깨어나는 이 몽상가,
이게 바로 너의 표상, 혼미한 꿈을 꾸는 혼이여,
현실이 그 네 벽에 너를 가두어 질식시키는구나!

1842.

이런저런 시편들

목소리

내 요람은 책장에 등을 기대고 있었다,

소설, 과학, 우화, 이 모두가,

라틴의 재와 그리스의 먼지가 섞여 있던

어두운 바벨. 내 키는 이절판(二折版) 책 크기.

두 목소리가 내게 말했다. 은밀하고 단호하게

한 목소리가 하는 말: "지구는 달콤함 가득한 과자,

나는 늘 변함없이 왕성한 식욕 하나를 너에게

만들어줄 수도 있지(그럼 네 기쁨은 끝이 없을 거야!)."

다른 목소리가: "오라! 오! 와서 꿈속으로 여행하라,

가능한 것 너머로, 알려진 것 너머로!"

그러자 앞의 목소리가 모래톱의 바람처럼 노래했다,

애처럼 울어대는, 어디서 온지 모르는,

귀를 쓰다듬는, 그러나 오싹하게 하는 유령.

내가 네게 답했다: "그렇구나! 달콤한 목소리여!" 바로 그때다,

내 상처라고, 내 숙명이라고 부를 수도 있는 것이, 오호라!

그때 시작되었다.

가없는 삶의 무대 뒤에서,

심연의 가장 검은 곳에서,

기이한 세계들이 명확하게 보이고,

내 통찰력의 황홀한 희생자, 나는

내 구두를 물어뜯는 뱀들을 끌고 간다.
그때 이후로 선지자들이나 다름없이,
나는 사막과 바다를 그리도 애틋하게 사랑하여,
초상집에서 웃고 잔치판에서 눈물지으며,
가장 쓴 술에서 그윽한 맛을 발견하고,
아주 자주 사실을 거짓으로 여기고,
두 눈으로 하늘을 쳐다보다 구멍 속에 떨어진다.
그러나 목소리는 나를 위로하며 말한다: "꿈을 지켜라,
현자들에게 미치광이들만큼 아름다운 꿈이 없지!"

뜻밖의 일*

아르파공은 제 아비의 임종을 지키다가,
벌써 하얀 그 입술 앞에서 꿈꾸듯 중얼거린다:
"우리 헛간에 있는 낡은 판때기 몇 장으로
　　　아마 충분하겠지?"

셀리멘이 속삭이듯 말한다: "내 마음은 착해,
그래서 당연히, 신은 나를 아주 아름답게 만들었지."
— 그녀의 마음! 딱딱해진, 햄처럼 연기에 그을린,
　　　영원한 불꽃에 다시 구워진 마음!

연기 피우는 신문기자, 횃불이라 자처하는 녀석이
가난뱅이를 어둠 속에 빠뜨려놓고 하는 말이:
"네놈이 찬양하는 그 미(美)의 창조자, 그 정의의 사도가
　　　대체 어디 있는지 찾아냈느냐?"

* 여기서 『악의 꽃』의 저자는 영원한 생명을 향해 고개를 돌리고 있다.
그렇게 끝났어야 한다.
　모든 새로운 개종자들이 그렇듯, 그가 매우 엄격하고 매우 광신적인
태도를 보인다는 점에 주목하자.

어느 누구보다도 더 잘, 나는 어떤 호색한을 알고 있다,
밤낮으로 하품하고, 애통절통하며 울며, 이 무력하고도
거들먹거리는 자는 되풀이한다: "그야 물론, 나도 고결한
            인간이 되고 싶어, 한 시간 후에!"

벽시계가, 이번에는, 목소릴 낮추어 말한다: "때가 됐군,
저주받을 놈! 헛된 일이지만 저 썩은 육체에 경고한다,
인간은 눈멀고, 귀먹고, 무너지기 직전이지, 벌레 한 마리
            파고 들어와 갉아먹는 벽처럼!"

이어서, 만인이 부정하는 어떤 자가 나타나, 비웃듯
오만을 떨며 말한다: "내 성체기(聖體器)에 들어가,
내 짐작이지만, 너희들은 그 즐거운 흑미사에서
            충분히 성체를 배령했겠지?

너희들은 저마다 가슴속에 내 신전을 하나씩 지었고,
내 더러운 볼기짝에 남모르게 입을 맞추었잖아!*
그 의기양양한 웃음소리를 듣고 사탄을 알아보아야지,
　　　　이 세계만큼 거대하고 추악한!

그래 너희들은 믿을 수 있었나, 속내 들킨 위선자들아,
주인을 모욕하고도, 주인에게 속임수를 쓰고도,
천국에도 가고 부자도 되는 두 가지 상을 받는 게
　　　　당연하다고 말이야?

사냥거리의 목을 지키며 오랫동안 목 빠지게 기다리는
늙은 사냥꾼들에게 사냥감은 마땅히 보답을 해주어야지.
나는 저 두터움을 헤치고 너희들을 데려가련다,
　　　　내 서글픈 기쁨의 길동무들아,

* "미사(messe)"와 "볼기짝(fesse)"에 관해서는, 미슐레의 『여자마법사』, 샤
　를 루앙드르의 『악마론』, 엘리파스 레비의 『고급 마술의 전례』, 그리고
　일반적으로 마법, 악마학, 악마 숭배 의식을 다룬 모든 저자들을 참조.

흙의 두터움 바위의 두터움을 헤치고,
너희들의 혼란스러운 잿더미를 헤치고,
부드러운 돌이 아닌 단 한 덩어리의 암석으로 지은
　　　　나만큼이나 거대한 궁전으로,

궁전이 그렇게 큰 것은 우주의 죄악으로 지어져,
내 오만, 내 고통, 내 영광을 끌어안고 있기 때문!"
― 그렇지만, 우주가 올라앉은 저 높은 곳에서,
　　　　한 천사가 승리를 알린다,

그 마음이 이렇게 말하는 자들의: "당신의 채찍이여
찬양받으시라, 주여, 고통은, 오 아버지, 찬양받으시라!
내 혼은 당신 손에서 헛된 장난감이 아니며,
　　　　당신의 지혜는 무한하도다!"

트럼펫 소리는 듣기에 그윽하고도 그윽하여
하늘나라 포도 수확의 저 장엄한 저녁에
악기가 찬양하는 모든 자들의 마음속으로
　　　　한줄기 황홀이 스며든다.

몸값

인간은 제 몸값을 치르려고,
깊고 기름진 응회암에 밭을 두 개 지녔으니,
갈아엎고 일구어야 한다,
이성의 보습으로;

가장 작은 장미라도 얻으려면,
이삭 몇 개라도 뜯어내려면,
그 회색 이마의 짠 눈물로
끝없이 그 밭에 물을 주어야 한다.

하나는 예술, 하나는 사랑.
대쪽 같은 심판의
저 무서운 날이 왔을 때,
심판자를 자비롭게 하려면,

수확과 꽃으로 가득한
곳간을 그에게 보여주어
그 형태와 색깔로
천사들의 표를 얻어야 하리라.

어느 말라바르의 처녀에게

네 발은 네 손만큼 가늘고, 네 엉덩이는
푸짐해서 가장 예쁜 백인 여자를 시샘하게 하고,
생각 깊은 예술가에게 네 육체는 감미롭고 소중하며,
비로드로 만든 네 거대한 눈은 네 살보다 더 검다.
너의 신이 널 태어나게 한 덥고 푸른 나라에서,
네 임무는 네 주인의 파이프에 불을 붙이는 일,
신선한 물과 향료로 물병을 준비하고,
나그네 모기를 침대에서 멀리 쫓아내는 일,
아침이 플라타너스를 노래하게 하자마자
시장에서 파인애플과 바나나를 사는 일,
네가 원하기만 하면 하루종일, 네 벗은 발을 끌며
알지 못할 옛 노래를 낮게 흥얼거리고,
저녁이 진홍색 망토를 입고 내릴 때,
떠도는 네 꿈이 벌새들 가득해지는 잠자리,
항상 너처럼 우아하고 꽃무늬 아롱진
돗자리 위에 너는 천천히 몸을 눕힌다.
행복한 아이야, 넌 왜 우리 프랑스를 보고 싶어하느냐,
고통이 낫질을 하는, 너무나 사람들 북적대는 이 나라를,
그리고 선원들의 억센 팔에 네 삶을 맡기고,
네 정든 타마린드에 영영 작별을 하려 하느냐?

가녀린 모슬린으로 몸을 반만 가린 너,
저기에서 눈과 우박을 맞으며 덜덜 떠는 너,
감미롭고 자유분방한 여가를 아쉬워하듯이,
만일, 잔인한 코르셋이 네 허리를 옥죄는데,
네 두 눈이 생각에 빠져, 우리의 더러운 안개 속에서,
없는 야자나무의 흩어진 유령들을 따라가고!
네가 우리의 진창에서 저녁밥을 줍고,
네 낯선 매력을 향기를 팔아야 한다면!

1840.

익살 시편들

아미나 보세티의 데뷔에 붙여
브뤼셀의 라모네 극장에서

아미나가 뛰어오르고, ─ 달아나고, ─ 파닥이며, 미소 짓는다,
웰쉬가 말한다: "나한테는 모조리 프라크리트다,
숲의 요정에 관해서라면, 내가 아는 것은
몽타뉴오제르브포타제르의 요정밖에 없으니까."

섬세한 발끝과 웃는 눈으로
아미나는 착란과 재치를 쏟아붓는다.
웰쉬는 말한다: "꺼져라, 거짓 쾌락들아!
내 아내는 이런 방정은 떨지 않아."

그대는 모른다, 승승장구하는 오금의 실피드여,
코끼리에게 왈츠를, 올빼미에게 즐거움을,
황새에게 웃음을 가르치려는 그대는,

불꽃 튀는 매력을 보고도 웰쉬는 "하로!"라고 말하고,
상냥한 바쿠스가 부르고뉴 포도주를 부어주면,
그 괴물이 "벨기에 포도주는 없나보네!"라고 대답하리라는 걸.

1864.

외젠 프로망탱의 친구를 자처하는

어떤 성가신 사내에 관해서
외젠 프로망탱에게

그가 내게 말하길 자기는 광장한 부자지만,
콜레라가 무섭고,
— 돈에는 자린고비지만,
오페라 좌는 무척 좋아하고,

— 코로 씨를 아는 덕에
자연을 미친듯 사랑하고,
— 아직 마차가 없지만,
그게 곧 생길 것이며,

— 자기는 대리석과 벽돌을,
검은 나무와 금칠한 나무를 좋아하며,
— 자기 공장에 훈장 받은
작업반장 셋을 거느리고 있으며,

하찮은 것 빼고도,
북부 철도주 2만 주가 있고,
별건 아니지만,
오페노르의 액자도 찾아냈으며,

골동품이라 하면 모가지까지
바칠 것이며(뤼자르슈의 것이라 해도!),
그래서 파트리아르슈 시장에서도
재미를 본 게 여러 번이고,

자기 아내도 어머니도 많이 사랑하는 건
아니고, ─그러나 영혼의
불멸성을 믿고 있으며,
니부아에를 읽은 적이 있으며,*

─육체적인 사랑에 치중하는 편이라서,
권태로운 체재지 로마에서는
한 여자가, 폐병이긴 했지만,
자기를 사랑하다 죽었단다.

---

* 우리는 니부아에 씨가 여기 왜 나왔는지 알지 못하지만, 보들레르 씨가
각운의 노예는 아닌 만큼, "성가신 사내"가 니부아에 씨의 작품을 읽은
것을 가지고 마치 온갖 용기를 다 가진 것이나 되는 듯 뽐낸 것이라고
짐작해야 한다.

세 시간 반 동안,
투르네에서 온 이 수다쟁이는
자기 평생을 내게 지껄였고,
나는 뇌수가 놀라자빠졌다.

내 고통을 서술해야 한다면,
끝을 보기 어렵겠지만,
나는 생각했지, 내 증오를 달래고 달래며:
"최소한 잠이라도 잘 수 있었으면!"

편하지 못해도
떠날 수 없는 사람처럼,
엉덩이로 의자만 문질러대며,
그가 꼬챙이에라도 꿰이길 바랐지.

이 괴물은 자기 이름이 바스토뉴라면서,
콜레라의 재앙이 무서워 달아났단다.
나라면 가스코뉴까지 도망치거나,
물에 몸을 던지리라,

그가 두려워하는 그 파리로
저도 나도 되돌아갈 때,
투르네 태생의 이 재앙을
내가 또다시 길목에서 만난다면.

브뤼셀, 1865.

유쾌한 카바레
브뤼셀에서 위클로 가는 길에서

해골들과 그 끔찍한 상징을
열렬히 사랑하는 당신들,
쾌락에 양념을 치기 위해선가,
(단순한 오믈렛이라 하더라도!)

늙은 파라온, 오 몽슬레!*

저 뜻밖의 간판 앞에서

난 당신을 떠올렸지: 묘지가

보이는 선술집!

* 앙심이 빤히 들여다보인다. 몽슬레 씨가 장미와 명랑을 미친듯이 사랑
한다고 공언한 것은 세상이 다 아는 일이다. 어느 날 몽슬레 씨는 보들
레르 씨가 목매달린 사람에 대해서 새들이 그 배를 파먹고 있다는 끔찍
한 시를 썼다고 비난했다.

무거운 창자가 허벅지로 처져 내렸으며.

"하지만 나는 달리 쓸 수 없었소." 짜증난 시인이 말했다. "주제가 그
런데 말이요. 당신 같으면 어떤 이미지가 더 좋았겠소?" 몽슬레 씨가 대
답했다. "한 송이 장미!"

그렇다고 해서 피할 수 없는 우울이 이따금씩 이 아나크레온식 니스
광택 밑으로 파고들지 않는다고 생각할 필요는 없으리라. 우리는 최근
에 그의 소품 하나를 보았는데, 거기서 시인은 어느 거지 소녀에게 매
정하게 굴었음을 자책하며, 그녀를 다시 찾으려 하나 찾을 수 없어서
늘 슬픈 마음으로 잠자리에 든다. 이 작품은 진정으로 민감한, 굶주리면
서도 민감한 한 인간의 것이다.

몽슬레 씨가 자신의 서정적 기질을 따르기보다 아무래도 인위적이기
마련인 명랑에 너무 자주 방해를 받는다는 점을 유감스럽게 여기자.

편집자 주

역자의 원고 중 간혹 빨간색으로 표시된 부분이 있었다. 또 61쪽 2연 2행에서는 '치유의 도구' 옆에 'salutaire instrument'이라고 원어가 적혀 있기도 했고, 몇몇 시편에서는 비슷하나 조금은 다르게 옮긴 번역어가 괄호 속에 병기되어 있기도 했다. 본문은 유족과 논의해 선택한 최종 편집의 결과이나, 마지막까지 역자가 남겨둔 이 고민의 흔적을 여기 밝혀두기로 한다.

36쪽. 「등대」: 역자는 두번째 연 마지막 행 가운데 '사냥꾼들이 외치는' 이 부분을 빨간색으로 표시하고, 해당 부분에 다음과 같은 각주를 달아두었다: "'사냥꾼들에게 보내는' 어느 쪽이 맞을까?" 원어는 "Un appel de chasseurs perdus dans les grands bois!"로, 빨간색으로 표시된 해석을 따랐다.

64쪽. 「춤추는 뱀」: 원문 시는 8/5/8/5개의 음절이 교차되는 4행이 각각의 연을 이루고 있다. 역자는 이 구성을 각 연에 따라 유연하게 재배치하였다. 이에 원문 시의 인용이 필요하다는 판단 아래 전문을 옮겨두었다. 원문 시처럼 각 행의 음절 수가 반복 교차되는 시가 이 시집에 여러 편 나오는데, 역자는 이 시편을 제외하고는 그 교차 방식을 유지하며 번역하였다.

Que j'aime voir, chère indolente,
De ton corps si beau,
Comme une étoffe vacillante,
Miroiter la peau !

Sur ta chevelure profonde
Aux âcres parfums,
Mer odorante et vagabonde
Aux flots bleus et bruns,

Comme un navire qui s'éveille
Au vent du matin,
Mon âme rêveuse appareille
Pour un ciel lointain.

Tes yeux, où rien ne se révèle
De doux ni d'amer,
Sont deux bijoux froids où se mêle
L'or avec le fer.

À te voir marcher en cadence,
Belle d'abandon,
On dirait un serpent qui danse
Au bout d'un bâton.

Sous le fardeau de ta paresse
Ta tête d'enfant
Se balance avec la mollesse
D'un jeune éléphant,

Et ton corps se penche et s'allonge
Comme un fin vaisseau
Qui roule bord sur bord et plonge
Ses vergues dans l'eau.

Comme un flot grossi par la fonte
Des glaciers grondants,
Quand l'eau de ta bouche remonte
Au bord de tes dents,

Je crois boire un vin de Bohême,
Amer et vainqueur,
Un ciel liquide qui parsème
D'étoiles mon cœur !

74쪽. 「사후의 회한」: 세번째 연 첫번째 행 번역 문장은 '나를 꿈 꿈꾸었던 네 끝없는 이야기를 들어줄 무덤은'이었다. 이 중 '나를 꿈 꿈꾸었던' 이 부분이 빨간색으로 표시되어 있었다. 해당 원문은 "Le tombeau, confident de mon rêve infini"로, "내 끝없는 이야기를 들어줄 무덤은"으로 수정했다.

213쪽. 「새벽 해거름」: 마지막 연 마지막 행 번역 문장은 '제 연장을 움켜쥐었다, 이 늙은 일꾼은'이었다. 역자는 '이 늙은 일꾼은' 시구 하단에 '(이 부지런한 늙은이)'라고 빨간색으로 괄호 속에 표기해두었다. 원어는 "vieillard laborieux"로, 여기서는 빨간색으로 표기한 후자를 택했다.

217쪽. 「술의 넋」: 차례에서는 '술의 혼'으로, 본문에서는 제목과 시구 모두 '술의 넋'으로 번역되어 있었다. 원어 "L'âme du vin"은 둘 다 가능하나, 해당 시편에 옮긴 대로 "술의 넋"으로 정하였다.

297쪽. '떠다니던 시편들': 차례에서는 '떠밀리어 온 시편들'로, 본문 장제에서는 '떠다니던 시편들'로 옮겨져 있었다. 원제 "Les Épaves"는 '표류물' '잔해'라는 의미로 좀더 포괄적인 여지가 있는 '떠다니는 시편들'을 택했다.

역자의 말을 대신하여

이 『악의 꽃』 번역 원고는 두 해 전 겨울에 내가 포천 지현리 작업실에 놓여 있던 아버지의 컴퓨터를 정리하던 중 발견하였다. 아래아한글 형식으로 저장된 이 파일의 이름은 '악의 꽃(1) 번역 원고'이고, 파일이 최종 수정된 시간은 2018년 7월 1일 오전 8시 56분이다. 아버지는 이 원고가 최종 수정되고 얼마 후 7월 중순경 마지막으로 입원하셨고, 8월 8일에 숨을 거두셨다.

그해 2월에 담도암 재발 판정을 받았던 아버지는 생의 마지막 여름을 지현리 작업실에서 가족들과 함께 보냈다. 대체로 조용하고 평화로운 시간이었다. 많은 제자들과 지인들이 방문하여 아버지를 즐겁게 해주었다. 아버지의 상태가 악화되지 않던 기간 동안 가족들은 잠시 희망을 가지기도 했다. 돌이켜보니 아버지가 "『악의 꽃』 번역을 마무리하고 있는데, 주석은 쓰지 못할 것 같다"고 하셨던 기억이 있다. 어머니에 따르면, 어느 날 아버지가 "『악의 꽃』 번역을 끝냈다"며 좋아하셨다고 한다. 아버지의 원고를 보며 몹시 치열했을 당신의 그해 여름을 떠올려본다.

번역은 완성되어 있으나 주석은 달려 있지 않은 이 원고를 두고 우리 가족은 '아버지가 바라던 바는 무엇이었을까'를 깊이 고민했다. 논의 끝에 '원 텍스트를 최대한 그대로 두는 것'을 원칙으로 하고 별도의 주석 없이 출판하기로 하였다. 역시 가장 어려운 일은 최종 확인을 해줄 원 번역자가 없는 상황에서의 편집이었다. 아버지의 앞선 책에서 행했던 것처럼 맞춤법이나 띄어쓰기 등 출판사의 교정 교열 원칙을 기본으로 따르되, 논의가 있던 부분에는 편집자 미주를 달았다. 아버지는 (번역 과정에서 고민하셨으리라 추측되는) 몇몇 단어와 구문들을 붉은색으로 표시하셨는데, 이 역시 미주에 기술하였다.

누구보다 아버지의 언어를 가장 잘 이해하는, 다행히 같은 전공을 한 어머니께서 그 옛날 홍성사 강혜숙 편집자로 불리던 시절의 경험을 살려 최종 교정에 도움을 주었다. 쉽지 않은 환경에서 수고를 아끼지 않은 난다의 권현승 편집자와 김민정 대표에게 깊은 감사를 드린다.

이 책을 보고 아버지가 기뻐하시기를 바라는 마음뿐이다.

2023년 8월
아버지 황현산을 대신하여
아들 황일우가 씀

지은이 샤를 보들레르

1821년 파리, 신앙심과 예술적 조예가 깊은 집안에서 태어났다. 여섯 살에 아버지를 여읜다. 젊고 아름다운 어머니는 육군 소령과 곧 재혼한다. 명문 중학교에 기숙생으로 입학하나 품행 불량으로 퇴학당한다. 파리로 상경해 법학을 공부하지만 술과 마약, 여자에 탐닉하며 자유분방한 생활을 한다. 불안과 가난 속에서 왕성한 창작을 이어간다. 미술비평서 『1845년 살롱전』으로 작품 활동을 시작해 1847년 중편소설 「라 팡파를로」를 발표한다. 프랑스 최초로 미국 시인 에드거 앨런 포의 책들을 번역하여 소개한다. 1857년 시집 『악의 꽃』을 출간하나 미풍양속을 해친다는 이유로 유죄판결을 받는다. 1860년 중독과 시 창작에 관한 에세이 『인공 낙원』을 출간하고, 1863년 피가로에 미술비평 '현대 생활의 화가'를 연재한다. 1866년 시집 『떠다니던 시편들』을 출간하고 이듬해 46세의 나이로 세상을 떠났다.

옮긴이 황현산

1945년 목포에서 태어나 고려대학교 불어불문학과를 졸업하고 같은 대학 대학원에서 기욤 아폴리네르 연구로 문학박사 학위를 받았다. 고려대학교 불어불문학과 교수를 역임했다. 프랑스 현대시에서 상징주의와 초현실주의를 연구하며 문학평론가로 활동했다. 지은 책으로 『전위와 고전』『황현산의 현대시 산고』『내가 모르는 것이 참 많다』『황현산의 사소한 부탁』『우물에서 하늘 보기』 『밤이 선생이다』『잘 표현된 불행』『말과 시간의 깊이』 등이 있으며, 옮긴 책으로 앙드레 브르통의 『초현실주의 선언』, 생텍쥐페리의 『어린 왕자』, 아폴리네르의 『알코올』『사랑받지 못한 사내의 노래』 『동물시집』, 말라르메의 『시집』, 로트레아몽의 『말도로르의 노래』, 보들레르의 『악의 꽃』『파리의 우울』, 디드로의 『라모의 조카』 등이 있다. 팔봉비평문학상, 대산문학상, 아름다운 작가상 등을 수상했다. 한국번역비평학회를 창립, 초대 회장을 맡았다. 2018년 8월 8일 별세했다.

악의 꽃

초판 1쇄 발행 2023년 10월 16일
초판 3쇄 발행 2024년 8월 1일

지은이 샤를 보들레르
옮긴이 황현산

펴낸이 김민정
책임편집 권현승
편집 유성원 김동휘
디자인 전용완
저작권 박지영 형소진 최은진 서연주 오서영
마케팅 정민호 박치우 한민아 이민경 박진희 정유선 황승현
브랜딩 함유지 함근아 박민재 김희숙 정승민 배진성 박다솔 조다현
        이준희 김예리
제작 강신은 김동욱 이순호
제작처 더블비(인쇄) 경일제책(제본)

펴낸곳 (주)난다
출판등록 2016년 8월 25일 제406-2016-000108호
주소 10881 경기도 파주시 회동길 210
전자우편 nandatoogo@gmail.com
페이스북 @nandaisart 인스타그램 @nandaisart
문의전화 031-955-8853(편집) 031-955-2689(마케팅) 031-955-8855(팩스)

ISBN 979-11-91859-60-7 03860